"

ये नौ कहानियाँ मुझे प्रिय लगती हैं। वैसे, अपनी कोई रचना मुझे कभी अप्रिय नहीं लगी। मेरे अशिक्षित कथाकार के लिए अपनी रचनाओं की लम्बी भूमिका बहुत ही कठिन और अप्रिय लेखन है...कवि शमशेर बहादुर सिंह की इस प्रसिद्ध पंक्ति को दुहराया किया है–'बात बोलेगी, मैं नहीं/राज खोलेगी बात ही...मैं नहीं' अपनी कहानियों में मैं अपने को ही ढूँढ़ता फिरता हूँ, अपने को अर्थात् आदमी को...

"

मेरी प्रिय कहानियाँ

फणीश्वरनाथ 'रेणु'

राजपाल

ISBN : 978-93-5064-054-8

संस्करण : 2015 © फणीश्वरनाथ 'रेणु'

MERI PRIYA KAHANIYAN (Stories) by Phanishwarnath 'Renu'

राजपाल एण्ड सन्ज़

1590, मदरसा रोड, कश्मीरी गेट, दिल्ली-110006

फोनः 011-23869812, 23865483, फैक्सः 011-23867791

website : www.rajpalpublishing.com

e-mail : sales@rajpalpublishing.com

www.facebook.com/rajpalandsons

भूमिका

'मेरी प्रिय कहानियाँ' पुस्तकमाला के अन्तर्गत संकलित इन नौ कहानियों के अलावा मेरी अन्य कहानियाँ मुझे तनिक भी अप्रिय नहीं। अपनी कोई रचना मुझे कभी अप्रिय नहीं लगी...नहीं लगती। कोई 'प्रियतर' अथवा 'प्रियतम', 'प्रियतमा' भी नहीं। इसका कोई कारण—शो कॉज़ (show cause)—नहीं बतला सकूँगा। क्योंकि जानता नहीं!...

मेरे अशिक्षित कथाकार के लिए अपनी रचनाओं की लम्बी भूमिका बहुत ही कठिन और अप्रिय लेखन है। ऐसे अवसरों पर व्यर्थ पांडित्य-प्रदर्शन की हास्यास्पद प्रचेष्टा के बदले मैंने सदा साफ़गोई का सहारा लिया है। कवि शमशेर बहादुर सिंह की इस प्रसिद्ध पंक्ति को दुहराया किया है—"बात बोलेगी, मैं नहीं! राज़ खोलेगी, बात ही...मैं नहीं!..."

मेरे साधारण पाठक मेरी ऐसी स्पष्टवादिता अथवा सपाटबयानी से सदा सन्तुष्ट हुए हैं। और साहित्य के राज़दार पंडित-कथाकार-आलोचकों ने हमेशा नाराज़ होकर मुझे 'एक जीवनदर्शनहीन-अपदार्थ-अप्रतिबद्ध-व्यर्थ रोमांटिक प्राणी' प्रमाणित किया है।...सारे तालाब को गंदला करनेवाला जीव! इसके बावजूद कभी मुझसे इससे ज़्यादा नहीं बोला गया कि अपनी कहानियों में मैं अपने को ही ढूँढ़ता फिरता हूँ : अपने को, अर्थात् आदमी को।...बंगला में एक मुहावरा प्रचलित है—"पेटे बोमा मारलेऊ मुख दिये 'क' बेरूबे ना" अर्थात् पेट पर बम मारने पर भी मुँह से 'क' नहीं निकलेगा। हो, तब तो निकले! तब भी, अपनी कई कहानियों के बारे में मुझे कई प्रतिष्ठित पत्रिका के मित्र सम्पादकों को बज़ाप्ता हलफ़नामा लिखकर देना पड़ा है। (तब समझा कि पेट पर बम कैसे मारा जाता है और अपने को ढूँढ़ना इतना ख़तरनाक काम है!) ईमान से, धरम से, जो कह रहा हूँ सच कह रहा हूँ, कि जो लिखा है सो झूठ लिखा है, यानी इस कहानी के सभी स्थान-पात्र और घटनाएँ सरासर कपोल-कल्पित हैं...कि किसी राष्ट्र, देश, धर्म,

जाति, सम्प्रदाय, समाज, पार्टी, वर्ग या व्यक्तिविशेष के विरुद्ध घृणा या विद्वेष फैलाने के उद्देश्य से यह कहानी नहीं लिखी गई है।

फिर भी, यानी शपथपूर्वक कहने के बाद भी, मित्र सम्पादकों ने कहानियों की कई पंक्तियों को आपत्तिजनक मानकर काट दिया और कई शब्दों के बदले अपने 'श्लील शब्द' देकर ही छापा।...इस संकलन में मैंने उन कटी पंक्तियों को जोड़ दिया है और सही शब्दों को मूल स्थानों पर फिर से स्थापित कर दिया है।

—फणीश्वरनाथ 'रेणु'

20/30 राजेन्द्रनगर
पटना-16

क्रम

रसप्रिया

धूल में पड़े कीमती पत्थर को देख कर जौहरी की आँखों में एक नई झलक झिलमिला गई—अपरूप-रूप!

चरवाहा मोहना छौंड़ा को देखते ही पँचकौड़ी मिरदंगिया के मुँह से निकल पड़ा—अपरूप-रूप!

...खेतों, मैदानों, बाग़-बगीचों और गाय-बैलों के बीच चरवाहा मोहना की सुंदरता!

मिरदंगिया की क्षीण-ज्योति आँखें सजल हो गईं।

मोहना ने मुस्करा कर पूछा, 'तुम्हारी उँगली तो रसपिरिया बजाते टेढ़ी हुई है, है न?'

'ऐं!'—बूढ़े मिरदंगिया ने चौंकते हुए कहा, 'रसपिरिया?...हाँ...नहीं। तुमने कैसे...तुमने कहाँ सुना बे...?'

'बेटा' कहते वह रुक गया।...परमानपुर में उस बार एक ब्राह्मण के लड़के को उसने प्यार से 'बेटा' कह दिया था। सारे गाँव के लड़कों ने उसे घेर कर मारपीट की तैयारी की थी—'बहरदार होकर ब्राह्मण के बच्चे को बेटा कहेगा? मारो, साले बुढ्ढे को घेर कर!...मृदंग फोड़ दो।'

मिरदंगिया ने हँस कर कहा था, 'अच्छा, इस बार माफ़ कर दो सरकार! अब से आप लोगों को बाप ही कहूँगा!'

बच्चे खुश हो गए थे। एक दो-ढाई साल के नंगे बालक की ठुड्डी पकड़ कर वह बोला था, 'क्यों, ठीक है न बाप जी?'

बच्चे ठठाकर हँस पड़े थे।

लेकिन, इस घटना के बाद फिर कभी उसने किसी बच्चे को बेटा कहने की हिम्मत नहीं की थी। मोहना को देख कर बार-बार बेटा कहने की इच्छा होती है।

—रसपिरिया की बात किसने बताई तुमसे?...बोलो बेटा!

दस-बारह साल का मोहना भी जानता है, पँचकौड़ी अधपगला है।...कौन इससे पार पाए! उसने दूर मैदान में चरते हुए अपने बैलों की ओर देखा।

मिरदंगिया कमलपुर के बाबू लोगों के यहाँ जा रहा था। कमलपुर के नंदूबाबू के घराने में अब भी मिरदंगिया को चार मीठी बातें सुनने को मिल जाती हैं। एक-दो जून भोजन तो बँधा हुआ है ही; कभी-कभी रसचरचा भी यहीं आ कर सुनता है वह। दो साल के बाद वह इस इलाके में आया है। दुनिया बहुत जल्दी-जल्दी बदल रही है।...आज सुबह शोभा मिसर के छोटे लड़के ने तो साफ़-साफ़ कह दिया—'तुम जी रहे हो या थेथरई कर रहे हो, मिरदंगिया?'

हाँ, यह जीना भी कोई जीना है! निर्लज्जता है! और थेथरई की भी सीमा होती है।...पंद्रह साल से वह गले में मृदंग लटका कर गाँव-गाँव घूमता है, भीख माँगता है। दाहिने हाथ की टेढ़ी उँगली मृदंग पर बैठती ही नहीं है, मृदंग क्या बजाएगा! अब तो, 'धा तिंग' भी बड़ी मुश्किल से बजाता है।...अतिरिक्त गाँजा-भाँग के सेवन से गले की आवाज़ विकृत हो गई है। किंतु मृदंग बजाते समय विद्यापति की पदावली गाने की वह चेष्टा अवश्य करेगा।...फूटी भाथी से जैसी आवाज़ निकलती है, वैसी ही आवाज़-सों-य, सों-य!

पंद्रह-बीस साल पहले तक विद्यापति नाम की थोड़ी पूछ हो जाती थी। शादी-ब्याह, यज्ञ-उपनैन, मुंडन-छेदन आदि शुभ कार्यों में विदपतिया मंडली की बुलाहट होती थी। पँचकौड़ी मिरदंगिया की मंडली ने सहरसा और पूर्णिया ज़िले में काफी यश कमाया है। पँचकौड़ी मिरदंगिया को कौन नहीं जानता! सभी जानते हैं, वह अधपगला है!...गाँव के बड़े-बूढ़े कहते हैं—'अरे, पँचकौड़ी मिरदंगिया का भी एक ज़माना था!'

इस ज़माने में मोहना-जैसा लड़का भी है—सुंदर, सलोना और सुरीला!...रसप्रिया गाने का आग्रह करता है, 'एक रसपिरिया गाओ न, मिरदंगिया!'

'रसपिरिया सुनोगे?...अच्छा सुनाऊँगा। पहले बताओ, किसने...?'

'हे-ए-ए, हे-ए... मोहना, बैल भागे...!' एक चरवाहा चिल्लाया, रे मोहना, पीठ की चमड़ी उधेड़ेगा करमू!'

'अरे बाप!' मोहना भागा।

कल ही करमू ने उसे बुरी तरह पीटा है। दोनों बैलों को हरे-हरे पाट के पौधों की महक खींच ले जाती है बार-बार।...खटमिट्ठा पाट!

पँचकौड़ी ने पुकार कर कहा, 'मैं यहीं पेड़ की छाया में बैठता हूँ। तुम बैल हाँक कर लौटो। रसपिरिया नहीं सुनोगे?'

मोहना जा रहा था। उसने उलट कर देखा भी नहीं।

रसप्रिया!

विदापत नाचवाले रसप्रिया गाते थे। सहरसा के जोगेंदर झा ने एक बार विद्यापति के बारह पदों की एक पुस्तिका छपाई थी। मेले में खूब बिक्री हुई थी रसप्रिया पोथी की। विदापत नाचवालों ने गा-गा कर जनप्रिय बना दिया था रसप्रिया को।

खेत के 'आल' पर झरजामुन की छाया में पँचकौड़ी मिरदंगिया बैठा हुआ है, मोहना की राह देख रहा है।...जेठ की चढ़ती दोपहरी में खेतों में काम करनेवाले भी अब गीत नहीं गाते हैं।...कुछ दिनों के बाद कोयल भी कूकना भूल जाएगी क्या? ऐसी दोपहरी में चुपचाप कैसे काम किया जाता है! पाँच साल पहले तक लोगों के दिल में हुलास बाकी था।...पहली वर्षा में भीगी हुई धरती के हरे-भरे पौधों से एक खास किस्म की गंध निकलती है। तपती दोपहरी में मोम की तरह गल उठती थी—रस की डाली। वे गाने लगते थे बिरहा, चाँचर, लगनी। खेतों में काम करते हुए गानेवाले गीत भी समय-असमय का खयाल करके गाए जाते हैं। रिमझिम वर्षा में बारहमासा, चिलचिलाती धूप में बिरहा, चाँचर और लगनी—

'हाँ... रे, हल जोते हलवाहा भैया रे...'

खुरपी रे चलावे... म-ज-दू-र!

एहि पंथे, धानी मोरा हे रूसलि...।

खेतों में काम करते हलवाहों और मज़दूरों से कोई बिरही पूछ रहा है, कातर स्वर में—उसकी रूठी हुई धनी को इस राह से जाते देखा है किसी ने?...

अब तो दोपहरी नीरस ही कटती है, मानो किसी के पास एक शब्द भी नहीं रह गया है।

आसमान में चक्कर काटते हुए चील ने टिंहकारी भरी—टिं...ई...टिं-हि-क!

मिरदंगिया ने गाली दी—'शैतान!'

उसको छोड़ कर मोहना दूर भाग गया है। वह आतुर होकर प्रतीक्षा कर रहा है। जी करता है, दौड़ कर उसके पास चला जाए। दूर चरते हुए मवेशियों के झुंडों की ओर बार-बार वह बेकार देखने की चेष्टा करता है। सब धुँधला!

उसने अपनी झोली टटोल कर देखा—आम हैं, मूढ़ी है।...उसे भूख लगी। मोहना के सूखे मुँह की याद आई और भूख मिट गई।

मोहना-जैसे सुंदर, सुशील लड़कों की खोज में ही उसकी ज़िन्दगी के अधिकांश दिन बीते हैं।...विदापत नाच में नाचनेवाले नटुआ का अनुसंधान खेल

नहीं।...सवर्णों के घर में नहीं, छोटी जाति के लोगों के यहाँ मोहना-जैसे लड़की-मुँहा लड़के हमेशा पैदा नहीं होते। ये अवतार लेते हैं समय-समय पर, जदा जदा हि...

मैथिल ब्राह्मणों, कायस्थों और राजपूतों के यहाँ विदापतवालों की बड़ी इज़्ज़त होती थी।...अपनी बोली–मिथिलाम–में नटुआ के मुँह से 'जनम अवधि हम रूप निहारल' सुन कर वे निहाल हो जाते थे। इसलिए हर मंडली का 'मूलगैन' नटुओं की खोज में गाँव-गाँव भटकता फिरता था–ऐसा लड़का, जिसे सजा-धजा कर नाच में उतारते ही दर्शकों में एक फुसफुसाहट फैल जाए।

'ठीक ब्राह्मणी की तरह लगता है। है न?'

'मधुकांत ठाकुर की बेटी की तरह...।'

'नः! छोटी चंपा-जैसी सूरत है!'

पँचकौड़ी गुनी आदमी है। दूसरी-दूसरी मंडली में मूलगैन और मिरदंगिया की अपनी-अपनी जगह होती। पँचकौड़ी मूलगैन भी था और मिरदंगिया भी। गले में मृदंग लटका कर बजाते हुए वह गाता था, नाचता था। एक सप्ताह में ही नया लड़का भाँवरी दे कर परवेश में उतरने योग्य नाच सीख लेता था।

नाच और गाना सिखाने में कभी कठिनाई नहीं हुई, मृदंग के स्पष्ट 'बोल' पर लड़कों के पाँव स्वयं ही थिरकने लगते थे। लड़कों के ज़िद्दी माँ-बाप से निबटना मुश्किल व्यापार होता था। विशुद्ध मैथिली में और भी शहद लपेट कर वह फुसलाता...

'किसन कन्हैया भी नाचते थे। नाच तो एक गुण है।...अरे, जाचक कहो या दसदुआरी। चोरी, डकैती और आवारागर्दी से अच्छा है, अपना-अपना 'गुन' दिखा कर लोगों को रिझाकर गुज़ारा करना।

एक बार उसे लड़के की चोरी भी करनी पड़ी थी...बहुत पुरानी बात है। इतनी मार लगी थी कि...बहुत पुरानी बात है।

पुरानी ही सही, बात तो ठीक है। रसपिरिया बजाते समय तुम्हारी उँगली टेढ़ी हुई थी। ठीक है न?

मोहना न जाने कब लौट आया।

मिरदंगिया के चेहरे पर चमक लौट आई। वह मोहना की ओर टकटकी लगा कर देखने लगा...यह गुणवान मर रहा है। लाल-लाल होठों पर बीड़ी की कालिख लग गई है। पेट में तिल्ली है ज़रूर!...

मिरदंगिया वैद्य भी है। एक झुंड बच्चों का बाप धीरे-धीरे एक पारिवारिक डॉक्टर की योग्यता हासिल कर लेता है।...उत्सवों के बासीटटका भोज्यान्नों की

प्रतिक्रिया कभी-कभी बहुत बुरी होती। मिरदंगिया अपने साथ नमक-सुलेमानी, चानमार-पाचन और कुनैन की गोली हमेशा रखता था।...लड़कों को सदा गरम पानी के साथ हल्दी की बुकनी खिलाता। पीपल, काली मिर्च, अदरक वगैरह को घी में भून कर शहद के साथ सुबह-शाम चटाता।

...गरम पानी!

पोटली से मूढ़ी और आम निकालते हुए मिरदंगिया बोला, 'हाँ, गरम पानी! तेरी तिल्ली बढ़ गई है, गरम पानी पिओ।'

'यह तुमने कैसे जान लिया? फारबिसगंज के डाकदरबाबू भी कह रहे थे, तिल्ली बढ़ गई है। दवा...।'

आगे कहने की ज़रूरत नहीं। मिरदंगिया जानता है, मोहना-जैसे लड़कों के पेट की तिल्ली चिता पर ही गलती है! क्या होगा पूछ कर, कि दवा क्यों नहीं करवाते!

'माँ भी कहती है, हल्दी की बुकनी के साथ रोज़ गरम पानी से तिल्ली गल जाएगी।'

मिरदंगिया ने मुस्करा कर कहा, 'बड़ी सयानी है तुम्हारी माँ!'

केले के सूखे पत्तल पर मूढ़ी और आम रख कर उसने बड़े प्यार से कहा, 'आओ, एक मुट्ठी खा लो।'

'नहीं, मुझे भूख नहीं।'

किंतु मोहना की आँखों से रह-रह कर कोई झाँकता था, मूढ़ी और आम को एक साथ निगल जाना चाहता था।...भूखा, बीमार भगवान!

'आओ, खा लो बेटा!...रसपिरिया नहीं सुनोगे?'

माँ के सिवा, आज तक किसी अन्य व्यक्ति ने मोहना को इस तरह प्यार से कभी परोसे भोजन पर नहीं बुलाया।...लेकिन, दूसरे चरवाहे देख लें तो माँ से कह देंगे।...भीख का अन्न!

'नहीं, मुझे भूख नहीं।'

मिरदंगिया अप्रतिभ हो जाता है। उसकी आँखें फिर सजल हो जाती हैं। मिरदंगिया ने मोहना जैसे दर्जनों सुकुमार बालकों की सेवा की है। अपने बच्चों को भी शायद वह इतना प्यार नहीं दे सकता।...और अपना बच्चा! हूँ!... अपना-पराया? अब तो सब अपने, सब पराए।...

'मोहना!'

'कोई देख लेगा तो?'

'तो क्या होगा?'

'माँ से कह देगा। तुम भीख माँगते हो न?'

'कौन भीख माँगता है?' मिरदंगिया के आत्म-सम्मान को इस भोले लड़के ने बेवजह ठेस लगा दी। उसके मन की झाँपी में कुडंली कर सोया हुआ साँप फन फैला कर फुफकार उठा, 'ए-स्साला! मारेंगे वह तमाचा कि...

'ऐ! गाली क्यों देते हो!' मोहना ने डरते-डरते प्रतिवाद किया।

वह उठ खड़ा हुआ, पागलों का क्या विश्वास!

आसमान में उड़ती हुई चील ने फिर टिंहकारी भरी-टिंड़हीं...ई...टिं-टिं-क!

'मोहना!' मिरदंगिया की आवाज़ गंभीर हो गई।

मोहना ज़रा दूर जा कर खड़ा हो गया।

'किसने कहा तुमसे कि मैं भीख माँगता हूँ? मिरदंग बजा कर, पदावली गा कर, लोगों को रिझा कर पेट पालता हूँ।...तुम ठीक कहते हो, भीख का ही अन्न है यह। भीख का ही फल है यह।...मै नहीं दूँगा।...तुम बैठो, मैं रसपिरिया सुना दूँ।'

मिरदंगिया का चेहरा धीरे-धीरे विकृत हो रहा है।...आसमान में उड़नेवाली चील अब पेड़ की डाली पर आ बैठी है।...टिं-टिं-हिं टिंटिक!

मोहना डर गया। एक डग, दो डग...दे दौड़। वह भागा।

एक बीघा दूर जा कर उसने चिल्लाकर कहा, 'डायन ने बान मार कर तुम्हारी उँगली टेढ़ी कर दी है। झूठ क्यों कहते हो कि रसपिरिया बजाते समय...'

'ऐं! कौन है यह लड़का? कौन है यह मोहना?...रमपतिया भी कहती थी, डायन ने बान मार दिया है।'

'मोहना!'

मोहना ने जाते-जाते चिल्ला कर कहा, 'करैला!'

अच्छा, तो मोहना यह भी जानता है कि मिरदंगिया 'करैला' कहने से चिढ़ता है!...कौन है यह मोहना?

मिरदंगिया आतंकित हो गया। उसके मन में एक अज्ञात भय समा गया। वह थर-थर काँपने लगा। उसमें कमलपुर के बाबुओं के यहाँ जाने का उत्साह भी नहीं रहा।...सुबह शोभा मिसर के लड़के ने ठीक ही कहा था।

उसकी आँखों से आँसू झरने लगे।

जाते-जाते मोहना डंक मार गया। उसके अधिकांश शिष्यों ने ऐसा ही व्यवहार किया है उसके साथ। नाच सीख कर फुर्र से उड़ जाने का बहाना खोजनेवाले एक-एक लड़के की बातें उसे याद हैं।

सोनमा ने तो गाली ही दी थी–'गुरुगिरी करता है, चोट्टा!'

रमपतिया आकाश की ओर हाथ उठा कर बोली थी–'हे दिनकर! साच्छी रहना। मिरदंगिया ने फुसला कर मेरा सर्वनाश किया है। मेरे मन में कभी चोर नहीं था। हे सुरुज भगवान! इस दसदुआरी कुत्ते का अंग-अंग फूट कर...।'

मिरदंगिया ने अपनी टेढ़ी उँगली को हिलाते हुए एक लंबी साँस ली। ...रमपतिया? जोधन गुरुजी की बेटी रमपतिया! जिस दिन वह पहले-पहल जोधन की मंडली में शामिल हुआ था–रमपतिया बारहवें में पाँव रख रही थी।... बाल-विधवा रमपतिया पदों का अर्थ समझने लगी थी। काम करते-करते वह गुनगुनाती–'नव अनुरागिनी राधा, किछु नहि मानय बाधा।...मिरदंगिया मूलगैनी सीखने गया था और गुरुजी ने उसे मृदंग थमा दिया था... आठ वर्ष तक तालीम पाने के बाद जब गुरुजी ने स्वजाति पँचकौड़ी से रमपतिया के चुमौना की बात चलाई तो मिरदंगिया सभी ताल-मात्रा भूल गया। जोधन गुरु से उसने अपनी जात छिपा रखी थी। रमपतिया से उसने झूठा परेम किया था। गुरुजी की मंडली छोड़ कर वह रातों-रात भाग गया। उसने गाँव आ कर अपनी मंडली बनाई, लड़कों को सिखाया-पढ़ाया और कमाने-खाने लगा।...लेकिन, वह मूलगैन नहीं हो सका कभी। मिरदंगिया ही रहा सब दिन।...जोधन गुरु की मृत्यु के बाद, एक बार गुलाब-बाग मेले में रमपतिया से उसकी भेंट हुई थी। रमपतिया उसी से मिलने आई थी। पँचकौड़ी ने साफ़ जवाब दे दिया था–'क्या झूठ-फरेब जोड़ने आई है? कमलपुर के नंदूबाबू के पास क्यों नहीं जाती, मुझे उल्लू बनाने आई है। नंदूबाबू का घोड़ा बारह बजे रात को...।' चीख़ उठी थी रमपतिया–पाँचू!...चुप रहो!'

उसी रात रसपिरिया बजाते समय उसकी उँगली टेढ़ी हो गई थी। मृदंग पर जमनिका दे कर वह परबेस का ताल बजाने लगा। नटुआ ने डेढ़ मात्रा बेताल हो कर प्रवेश किया तो उसका माथा ठनका। परबेस के बाद उसने नटुआ को झिड़की दी–'ए स्साला! थप्पड़ों से गाल लाल कर दूँगा।'...और रसपिरिया की पहली कड़ी ही टूट गई। मिरदंगिया ने ताल को सम्हालने की बहुत चेष्टा की। मृदंग की सूखी चमड़ी जी उठी, दहिने पूरे पर लावा-फरही फूटने लगे और ताल कटते-कटते उसकी उँगली टेढ़ी हो गई। झूठी टेढ़ी उँगली!...हमेशा के लिए पँचकौड़ी की मंडली टूट गई। धीरे-धीरे इलाके से विद्यापति-नाच ही उठ गया। अब तो कोई भी विद्यापति की चर्चा भी नहीं करता है।...धूप-पानी से परे, पँचकौड़ी का शरीर ठंडी महफ़िलों में ही पनपा था... बेकार ज़िन्दगी में मृदंग ने बड़ा काम दिया। बेकारी का एकमात्र सहारा–मृदंग!

एक युग से वह गले में मृदंग लटका कर भीख माँग रहा है—धा-तिंग, धा-तिंग!

वह एक आम उठा कर चूसने लगा—लेकिन, लेकिन,...लेकिन...मोहना को डायन की बात कैसे मालूम हुई?

उँगली टेढ़ी होने की ख़बर सुन कर रमपतिया दौड़ी आई थी, घंटों उँगली को पकड़ कर रोती रही थी—'हे दिनकर, किसने इतनी बड़ी दुश्मनी की? उसका बुरा हो।...मेरी बात लौटा दो भगवान! गुस्से में कही हुई बात। नहीं, नहीं। पाँचू, मैंने कुछ भी नहीं किया है। ज़रूर किसी डायन ने बान मार दिया है।'

मिरदंगिया ने आँखें पोंछते हुए ढलते हुए सूरज की ओर देखा।...इस मृदंग को कलेजे से सटा कर रमपतिया ने कितनी रातें काटी हैं!...मृदंग को उसने छाती से लगा लिया।

पेड़ की डाली पर बैठी हुई चील ने उड़ते हुए जोड़े से कुछ कहा—टिं-टिं-हिंकु!

'एस्साला!' उसने चील को गाली दी। तंबाकू चुनिया कर मुँह में डाल दिया और मृदंग के पूरे पर उँगलियाँ नचाने लगा—धिरिनागि, धिरिनागि, धिरिनागि-धिनता!

पूरी जमनिका वह नहीं बजा सका। बीच में ही ताल टूट गया।...

—अ-कि-हे-ए-ए-ह-हा-आआ-ह-हा!

सामने झरबेरी के जंगल के उस पार किसी ने सुरीली आवाज़ में, बड़े समारोह के साथ रसप्रिया की पदावली उठाई -

'न-व-वृंदा-वन, न-व-न-व-तरुं-गन, न-व-नव विकसित फूल...'

मिरदंगिया के सारे शरीर में एक लहर दौड़ गई! उसकी उँगलियाँ स्वयं ही मृदंग के पूरे पर थिरकने लगीं। गाय-बैलों के झुंड दोपहर की उतरती छाया में आ कर जमा होने लगे।

खेतों में काम करने वालों ने कहा, 'पागल है। जहाँ जी चाहा, बैठ कर बजाने लगता है।'

'बहुत दिन के बाद लौटा है।'

'हम तो समझते थे कि कहीं मर-खप गया।'

रसप्रिया की सुरीली रागिनी ताल पर आ कर कट गई। मिरदंगिया का पागलपन अचानक बढ़ गया। वह उठ कर दौड़ा। झरबेरी की झाड़ी के उस पार कौन है? कौन है यह शुद्ध रसप्रिया गानेवाला? इस ज़माने में रसप्रिया का रसिक...? झाड़ी में छिप कर मिरदंगिया ने देखा, मोहना तन्मय होकर दूसरे पद की तैयारी कर रहा है। गुनगुनाहट बंद करके उसने गले को साफ़ किया। मोहना के गले में राधा आ कर बैठ गई है!...क्या बंदिश है!

'न-दी-बह नयनक नी...र!
आहो...पललि बहाएताहि ती...र!'

मोहना बेसुध होकर गा रहा था। मृदंग के बोल पर वह झूम-झूम कर गा रहा था। मिरदंगिया की आँखें उसे एकटक निहार रही थीं और उसकी उँगलियाँ फिरकी की तरह नाचने को व्याकुल हो रही थीं।...चालीस वर्ष का अधपगला युगों के बाद भावावेश में नाचने लगा।...रह-रह कर वह अपनी विकृत आवाज़ में पदों की कड़ी धरता—फोंय-फोंय, सोंय-सोंय!

धिरिनागि-धिनता!

'दुहु रस...म...य तनु-गुने नहीं ओर।
लागल दुहक न भाँगय जो-र।'

मोहना के आधे काले और आधे लाल होंठों पर नई मुस्कराहट दौड़ गई। पद समाप्त कर वह बोला, 'इस्स! टेढ़ी उँगली पर भी इतनी तेज़ी?'

मोहना हाँफने लगा। उसकी छाती की हड्डियाँ!

...उफ़! मिरदंगिया धम्म से ज़मीन पर बैठ गया—'कमाल! कमाल!...किससे सीखे? कहाँ सीखी तुमने पदावली? कौन है तुम्हारा गुरु?'

मोहना ने हँस कर जवाब दिया, 'सीखूँगा कहाँ? माँ तो रोज़ गाती है।...प्रात की मुझे बहुत याद है, लेकिन अभी तो उसका समय नहीं।'

'हाँ बेटा! बेताले के साथ कभी मत गाना-बजाना। जो कुछ भी है, सब चला जाएगा।...समय-कुसमय का भी खयाल रखना। लो, अब आम खा लो।'

मोहना बेझिझक आम ले कर चूसने लगा।

'एक और लो।'

मोहना ने तीन आम खाए और मिरदंगिया के विशेष आग्रह पर दो मुट्ठी मूढ़ी भी फाँक गया।

'अच्छा, अब एक बात बताओगे मोहना! तुम्हारे माँ-बाप क्या करते हैं?'

'बाप नहीं है, अकेली माँ है। बाबू लोगों के घर कुटाई-पिसाई करती है।'

'और तुम नौकरी करते हो! किसके यहाँ?'

'कमलपुर के नंदूबाबू के यहाँ।'

'नंदूबाबू के यहाँ?'

मोहना ने बताया, उसका घर सहरसा में है। तीसरे साल सारा गाँव कोसी मैया के पेट में चला गया। उसकी माँ उसे ले कर अपने ममहर आई है... कमलपुर।

'कमलपुर में तुम्हारी माँ के मामू रहते हैं?'

मिरदंगिया कुछ देर तक चुपचाप सूर्य की ओर देखता रहा।...नंदूबाबू–मोहना–मोहना की माँ!

'डायनवाली बात तुम्हारी माँ कह रही थी?'

'हाँ।'

'और एक बार सामदेव झा के यहाँ जनेऊ में तुमने गिरधर-पट्टी मंडलीवालों का मिरदंग छीन लिया था।...बेताला बजा रहा था वह। ठीक है न?'

मिरदंगिया की खिचड़ी दाढ़ी मानो अचानक सफेद हो गई। उसने अपने को संभाल कर पूछा, 'तुम्हारे बाप का क्या नाम है?'

'अजोधादास!'

'अजोधादास?'

बूढ़ा अजोधादास, जिसके मुँह में न बोल, न आँख में लोर।...मंडली में गठरी ढोता था। बिना पैसे का नौकर, बेचारा अजोधादास!

'बड़ी सयानी है तुम्हारी माँ।' एक लंबी साँस ले कर मिरदंगिया ने अपनी झोली से एक छोटा बटुआ निकाला। लाल-पीले कपड़ों के टुकड़ों को खोल कर कागज़ की एक पुड़िया निकाली उसने।

मोहना ने पहचान लिया–'लोट? क्या है, लोट?'

'हाँ, नोट है।'

'कितने रुपये वाला है? पंचटकिया। ऐं... दसटकिया? ज़रा छूने दोगे? कहाँ से लाए?' मोहना एक ही साँस में सब कुछ पूछ गया, 'सब दसटकिया हैं?'

'हाँ, सब मिला कर चालीस रुपये हैं।' मिरदंगिया ने एक बार इधर-उधर निगाहें दौड़ाईं। फिर फुसफुसा कर बोला, 'मोहना बेटा! फारबिसगंज के डागदरबाबू को दे कर बढ़िया दवा लिखा लेना।...खट्टा-मिट्ठा परहेज करना।...गरम पानी ज़रूर पीना।'

'रुपये मुझे क्यों देते हो?'

'जल्दी रख ले, कोई देख लेगा।'

मोहना ने भी एक बार चारों ओर नज़र दौड़ाई। उसके होंठों की कालिख और गहरी हो गई।

मिरदंगिया बोला, 'बीड़ी-तंबाकू भी पीते हो? खबरदार!'

वह उठ खड़ा हुआ।

मोहना ने रुपये ले लिए।

'अच्छी तरह गाँठ में बाँध ले। माँ से कुछ मत कहना।'

'और हाँ, यह भीख का पैसा नहीं, बेटा, यह मेरी कमाई के पैसे हैं। अपनी कमाई के...।'

मिरदंगिया ने जाने के लिए पाँव बढ़ाया।

'मेरी माँ खेत में घास काट रही है। चलो न!' मोहना ने आग्रह किया।

मिरदंगिया रुक गया। कुछ सोच कर बोला, 'नहीं मोहना! तुम्हारे-जैसा गुणवान बेटा पा कर तुम्हारी माँ महारानी है, मैं महाभिखारी दसदुआरी हूँ। जाचक, फकीर...! जो पैसे बचें, उसका दूध पीना।'

मोहना की बड़ी-बड़ी आँखें कमलपुर के नंदूबाबू की आँखों-जैसी हैं...।

'रे-मो-ह-ना-रे-हे! बैल कहाँ हैं रे?'

'तुम्हारी माँ पुकार रही है शायद।'

'हाँ। तुमने कैसे जान लिया?'

'रे-मोहना-रे-हे!'

एक गाय ने सुर-में-सुर मिला कर अपने बछड़े को बुलाया।

गाय-बैलों के घर लौटने का समय हो गया। मोहना जानता है, माँ बैल हाँक कर ला रही होगी। झूठ-मूठ उसे बुला रही है। वह चुप रहा।

'जाओ।' मिरदंगिया ने कहा, 'माँ बुला रही है। जाओ।...अब से मैं पदावली नहीं, रसपिरिया नहीं, निरगुन गाऊँगा। देखो, मेरी उँगली शायद सीधी हो रही है। शुद्ध रसपिरिया कौन गा सकता है आजकल।...

'अरे, चलु मन, चलु मन- ससुरार जइबे हो रामा,

कि आहो रामा,

नैहिरा में अगिया लगायब रे-की...।'

खेतों की पगडंडी, झरबेरी के जंगल के बीच होकर जाती है। निरगुन गाता हुआ मिरदंगिया झरबेरी की झाड़ियों में छिप गया।

'ले। यहाँ अकेला खड़ा होकर क्या करता है? कौन बजा रहा था मृदंग रे?' घास का बोझा सिर पर ले कर मोहना की माँ खड़ी है।

'पँचकौड़ी मिरदंगिया।'

'ऐं, वह आया है? आया है वह?' उसकी माँ ने बोझ ज़मीन पर पटकते हुए पूछा।

'मैंने उसके ताल पर रसपिरिया गाया है। कहता था, इतना शुद्ध रसपिरिया कौन गा सकता है आजकल!...उसकी उँगली अब ठीक हो जाएगी।

माँ ने बीमार मोहना को आह्लाद से अपनी छाती से सटा लिया।

'लेकिन तू तो हमेशा उसकी टोकरी-भर शिकायत करती थी—बेईमान है, गुरु-दरोही है, झूठा है!'

'है तो! वैसे लोगों की संगत ठीक नहीं। ख़बरदार, जो उसके साथ फिर कभी गया! दसदुआरी जाचकों से हेलमेल करके अपना ही नुकसान होता है।... चल, उठा बोझ!'

मोहना ने बोझ उठाते समय कहा, 'जो भी हो, गुनी आदमी के साथ रसपिरिया...।'

'चौप! रसपिरिया का नाम मत ले।'

अजीब है माँ! जब गुस्साएगी तो बाघिन की तरह और जब खुश होती है तो गाय की तरह हुँकारती आएगी और छाती से लगा लेगी। तुरत खुश, तुरत नाराज...

दूर से मृदंग की आवाज़ आई—धा-तिंग, धा-तिंग!

मोहना की माँ खेत की ऊबड़-खाबड़ मेड़ पर चल रही थी। ठोकर खा कर गिरते-गिरते बची। घास का बोझ गिर कर खुल गया। मोहना पीछे-पीछे मुँह लटका कर जा रहा था। बोला, 'क्या हुआ, माँ?'

'कुछ नहीं।'

—धा-तिंग, धा-तिंग!

मोहना की माँ खेत की मेड़ पर बैठ गई। जेठ की शाम से पहले जो पुरवैया चलती है, धीरे-धीरे तेज़ हो गई...मिट्टी की सुगंध हवा में धीरे-धीरे घुलने लगी।

—धा-तिंग, धा-तिंग!

'मिरदंगिया और कुछ बोलता था, बेटा?' मोहना की माँ आगे कुछ बोल न सकी।

'कहता था, तुम्हारे-जैसा गुणवान बेटा पाकर तुम्हारी मां महारानी है, मैं तो दसदुआरी हूं...।'

'झूठा, बेईमान!' मोहना की माँ आँसू पोंछ कर बोली, 'ऐसे लोगों की संगत कभी मत करना।'

मोहना चुपचाप खड़ा रहा।

तीसरी क़सम, अर्थात् मारे गए गुलफ़ाम

हिरामन गाड़ीवान की पीठ में गुदगुदी लगती है।...

पिछले बीस साल से गाड़ी हाँकता है हिरामन। बैलगाड़ी। सीमा के उस पार, मोरंग राज नेपाल से धान और लकड़ी ढो चुका है। कंट्रोल के ज़माने में चोरबाज़ारी का माल इस पार से उस पार पहुँचाया है। लेकिन कभी तो ऐसी गुदगुदी नहीं लगी पीठ में!

कंट्रोल का ज़माना! हिरामन कभी भूल सकता है उस ज़माने को! एक बार चार खेप सीमेंट और कपड़े की गाँठों से भरी गाड़ी, जोगबनी में विराटनगर पहुँचने के बाद हिरामन का कलेजा पोख्ता हो गया था। फारबिसगंज का हर चोर-व्यापारी उसको पक्का गाड़ीवान मानता। उसके बैलों की बधाई बड़ी गद्दी के बड़े सेठजी खुद करते, अपनी भाषा में...।

गाड़ी पकड़ी गई पाँचवीं बार, सीमा के इस पार तराई में।

महाजन का मुनीम उसी की गाड़ी पर गाँठों के बीच चुक्की-मुक्की लगा कर छिपा हुआ था। दारोगा साहब की डेढ़ हाथ लंबी चोरबत्ती की रोशनी कितनी तेज़ होती है, हिरामन जानता है। एक घंटे के लिए आदमी अंधा हो जाता है, एक छटक भी पड़ जाए आँखों पर! रोशनी के साथ कड़कती हुई आवाज़—'ऐ-य! गाड़ी रोको! साले, गोली मार देंगे?'

बीसों गाड़ियाँ एक साथ कचकचा कर रुक गईं। हिरामन ने पहले ही कहा था, 'यह बीस विषावेगा!' दारोगा साहब उसकी गाड़ी में दुबके हुए मुनीम पर रोशनी डाल कर पिशाची हँसी हँसे—'हा-हा-हा! मुंड़ीमजी-ई-ई-ई! ही-ही-ही! ऐ-य, साला गाड़ीवान, मुँह क्या देखता है रे-ए-ए! कंबल हटाओ इस बोरे के मुँह पर से!' हाथ की छोटी लाठी से मुनीमजी के पेट में खोंचा मारते हुए कहा था, 'इस बोरे को! स-स्साला!'...

बहुत पुरानी अखज-अदावत होगी दारोगा साहब और मुनीमजी में। नहीं

तो उतना रुपया कबूलने पर भी पुलिस-दरोगा का मन न डोले भला! चार हज़ार तो गाड़ी पर बैठा बैठा ही दे रहा था। लाठी से दूसरी बार खोंचा मारा दारोगा ने। 'पाँच हज़ार!' फिर खोंचा—'उतरो पहले...'

मुनीम को गाड़ी से नीचे उतार कर दारोगा ने उसकी आँखों पर रोशनी डाल दी। फिर दो सिपाहियों के साथ सड़क के बीस-पच्चीस रस्सी दूर झाड़ी के पास ले गए। गाड़ीवान और गाड़ियों पर पाँच-पाँच बंदूकवाले सिपाहियों का पहरा! हिरामन समझ गया, इस बार निस्तार नहीं। जेल? हिरामन को जेल का डर नहीं। लेकिन उसके बैल? न जाने कितने दिनों तक बिना चारा-पानी के सरकारी फाटक में पड़े रहेंगे—भूखे-प्यासे। फिर नीलाम हो जाएँगे। भैया और भौजी को वह मुँह नहीं दिखा सकेगा कभी।...नीलाम की बोली उसके कानों के पास गूँज गई—एक-दो-तीन! दारोगा और मुनीम में बात पट नहीं रही थी शायद।

हिरामन की गाड़ी के पास तैनात सिपाही ने अपनी भाषा में दूसरे सिपाही से धीमी आवाज़ में पूछा, 'का हो? मामला गोल होखी का?' फिर खैनी-तंबाकू देने के बहाने उस सिपाही के पास चला गया।

एक-दो-तीन! तीन-चार गाड़ियों की आवाज़। हिरामन ने फैसला कर लिया। उसने धीरे-से अपने बैलों के गले की रस्सियाँ खोल लीं। गाड़ी पर बैठे-बैठे दोनों को जुड़वाँ बाँध दिया। बैल समझ गए उन्हें क्या करना है। हिरामन उतरा, जुती हुई गाड़ी में बाँस की टिकटी लगा कर बैलों के कंधों को बेलाग किया। दोनों के कानों के पास गुदगुदी लगा दी और मन-ही-मन बोला, 'चलो भैयन, जान बचेगी तो ऐसी-ऐसी सग्गड़ गाड़ी बहुत मिलेगी।'...एक-दो-तीन! नौ-दो-ग्यारह!...

गाड़ियों की आड़ में सड़क के किनारे दूर तक घनी झाड़ी फैली हुई थी। दम साधकर तीनों प्राणियों ने झाड़ी को पार किया—बेखटक, बेआहट! फिर एक ले, दो ले—दुलकी चाल! दोनों बैल सीना तानकर फिर तराई के घने जंगलों में घुस गए। राह सूँघते, नदी-नाला पार करते हुए भागे पूँछ उठा कर। पीछे-पीछे हिरामन। रात-भर भागते रहे थे तीनों जन।...

घर पहुँच कर दो दिन तक बेसुध पड़ा रहा हिरामन। होश में आते ही उसने कान पकड़ कर कसम खाई थी—अब कभी ऐसी चीज़ों की लदनी नहीं लादेंगे। चोरबाज़ारी का माल? तोबा, तोबा!... पता नहीं मुनीमजी का क्या हुआ! भगवान जाने, उसकी सग्गड़ गाड़ी का क्या हुआ! असली इस्पाती लोहे की धुरी थी। दोनों पहिए तो नहीं, एक पहिया एकदम नया था। गाड़ी में रंगीन डोरियों के फुँदने बड़े जतन से गूँथे गए थे।

दो कसमें खाई हैं उसने। एक चोरबाज़ारी का माल नहीं लादेंगे। दूसरी—बाँस। अपने हर भाड़ेदार से वह पहले ही पूछ लेता है—‘चोरी-चमारीवाली चीज़ तो नहीं? और, बाँस? बाँस लादने के लिए पचास रुपये भी दे कोई, हिरामन की गाड़ी नहीं मिलेगी। दूसरे की गाड़ी देखे।

बाँस लदी हुई गाड़ी! गाड़ी से चार हाथ आगे बाँस का अगुआ निकला रहता है और पीछे की ओर चार हाथ पिछुआ! काबू के बाहर रहती है गाड़ी हमेशा। सो बेकाबू वाली लदनी और खैरहिया। शहर वाली बात! तिस पर बाँस का अगुआ पकड़ कर चलनेवाला भाड़ेदार का महाभकुआ नौकर, लड़की-स्कूल की ओर देखने लगा। बस, मोड़ पर घोड़ागाड़ी से टक्कर हो गई। जब तक हिरामन बैलों की रस्सी खींचे, तब तक घोड़ागाड़ी की छतरी बाँस के अगुआ में फँस गई। घोड़ागाड़ी वाले ने तड़ातड़ चाबुक मारते हुए गाली दी थी!

बाँस की लदनी ही नहीं, हिरामन ने खैरहिया शहर की लदनी भी छोड़ दी। और जब फारबिसगंज से मोरंग का भाड़ा ढोना शुरू किया तो गाड़ी ही पार! कई वर्षों तक हिरामन ने बैलों को आधेदारी पर जोता। आधा भाड़ा गाड़ीवाले का और आधा बैलवाले का। हिस्स! गाड़ीवानी करो मुफ्त! आधेदारी की कमाई से बैलों के ही पेट नहीं भरते। पिछले साल ही उसने अपनी गाड़ी बनवाई है।

देवी मैया भला करें उस सरकस-कंपनी के बाघ का। पिछले साल इसी मेले में बाघगाड़ी को ढोनेवाले दोनों घोड़े मर गए। चंपानगर से फारबिसगंज मेला आने के समय सरकस-कंपनी के मैनेजर ने गाड़ीवान-पट्टी में ऐलान करके कहा—‘सौ रुपया भाड़ा मिलेगा!’ एक-दो गाड़ीवान राज़ी हुए। लेकिन, उनके बैल बाघगाड़ी से दस हाथ दूर ही डर से डिकरने लगे—बाँ-आँ! रस्सी तुड़ाकर भागे। हिरामन ने अपने बैलों की पीठ सहलाते हुए कहा, ‘देखो भैयन, ऐसा मौका फिर हाथ नहीं आएगा। यही है मौका अपनी गाड़ी बनवाने का। नहीं तो फिर आधेदारी। अरे पिंजड़े में बंद बाघ का क्या डर? मोरंग की तराई में दहाड़ते हुए बाघों को देख चुके हो। फिर पीठ पर मैं तो हूँ।...’

गाड़ीवानों के दल में तालियाँ पटपटा उठीं थीं एक साथ। सभी की लाज रख ली हिरामन के बैलों ने। हुमककर आगे बढ़ गए और बाघगाड़ी में जुट गए—एक-एक करके। सिर्फ दाहिने बैल ने जुतने के बाद ढेर-सा पेशाब किया। हिरामन ने दो दिन तक नाक से कपड़े की पट्टी नहीं खोली थी। बड़ी गद्दी के बड़े सेठजी की तरह नकबंधन लगाए बिना बघाइन गंध बरदाश्त नहीं कर सकता कोई।

...बाघगाड़ी की गाड़ीवानी की है हिरामन ने। कभी ऐसी गुदगुदी नहीं लगी पीठ में। आज रह-रह कर उसकी गाड़ी में चंपा का फूल महक उठता है। पीठ में गुदगुदी लगने पर वह अँगोछे से पीठ झाड़ लेता है।

हिरामन को लगता है, दो वर्ष से चंपानगर मेले की भगवती मैया उस पर प्रसन्न हैं। पिछले साल बाघगाड़ी जुट गई। नकद एक सौ रुपये भाड़े के अलावा बुताद, चाह-बिस्कुट और रास्ते-भर बंदर-भालू और जोकर का तमाशा देखा सो फोकट में!

और, इस बार यह ज़नानी सवारी। औरत है या चंपा का फूल! जब से गाड़ी में बैठी है, गाड़ी मह-मह महक रही है।

कच्ची सड़क के एक छोटे-से खड्ड में गाड़ी का दाहिना पहिया बेमौके हिचकोला खा गया। हिरामन की गाड़ी से एक हल्की 'सिस' की आवाज़ आई। हिरामन ने दाहिने बैल को दुआली से पीटते हुए कहा, 'साला! क्या समझता है, बोरे की लदनी है क्या?'

'अहा! मारो मत!'

अनदेखी औरत की आवाज़ ने हिरामन को अचरज में डाल दिया। बच्चों की बोली जैसी महीन, फेनूगिलासी बोली!

मथुरामोहन नौटंकी कंपनी में लैला बनने वाली हीराबाई का नाम किसने नहीं सुना होगा भला! लेकिन हिरामन की बात निराली है! उसने सात साल तक लगातार मेलों की लदनी लादी है, कभी नौटंकी-थियेटर या बायस्कोप-सिनेमा नहीं देखा। लैला या हीराबाई का नाम भी उसने नहीं सुना कभी। देखने की क्या बात! सो मेला टूटने के पंद्रह दिन पहले आधी रात की बेला में काली ओढ़नी में लिपटी औरत को देख कर उसके मन में खटका अवश्य लगा था। बक्सा ढोनेवाले नौकर ने गाड़ी-भाड़ा में मोल-मोलाई करने की कोशिश की तो ओढ़नीवाली ने सिर हिला कर मना कर दिया। हिरामन ने गाड़ी जोतते हुए नौकर से पूछा, 'क्यों भैया, कोई चोरी-चमारी का माल-वाल तो नहीं?' हिरामन को फिर अचरज हुआ। बक्सा ढोनेवाले आदमी ने हाथ के इशारे से गाड़ी हाँकने को कहा और अँधेरे में गायब हो गया। हिरामन को मेले में तंबाकू बेचनेवाली बूढ़ी की काली साड़ी की याद आई थी।

ऐसे में कोई क्या गाड़ी हाँके!

एक तो पीठ में गुदगुदी लग रही है। दूसरे रह-रह कर चंपा का फूल खिल जाता है उसकी गाड़ी में। बैलों को डाँटो तो 'इस-बिस' करने लगती है उसकी सवारी। उसकी सवारी! औरत अकेली, तंबाकू बेचनेवाली बूढ़ी नहीं! आवाज़ सुनने

के बाद वह बार-बार मुड़ कर टप्पर में एक नज़र डाल देता है, अँगोछे से पीठ झाड़ता है।...भगवान ही जाने क्या लिखा है इस बार उसकी क़िस्मत में! गाड़ी जब पूरब की ओर मुड़ी, एक टुकड़ा चाँदनी उसकी गाड़ी में समा गई। सवारी की नाक पर एक जुगनू जगमगा उठा। हिरामन को सब कुछ रहस्यमय—अजगुत-अजगुत—लग रहा है। सामने चंपानगर से सिंधिया गाँव तक फैला हुआ मैदान... कहीं डाकिन-पिशाचिन तो नहीं?

हिरामन की सवारी ने करवट ली। चाँदनी पूरे मुखड़े पर पड़ी तो हिरामन चीखते-चीखते रुक गया—अरे बाप! ई तो परी है!

परी की आँखें खुल गईं। हिरामन ने सामने सड़क की ओर मुँह कर लिया और बैलों को टिटकारी दी। वह जीभ को तालू से सटा कर टि-टि-टि-टि आवाज़ निकालता है। हिरामन की जीभ न जाने कब से सूख कर लकड़ी-जैसी हो गई थी!

'भैया, तुम्हारा नाम क्या है?'

हू-ब-हू फेनूगिलास!...हिरामन के रोम-रोम बज उठे। मुँह से बोली नहीं निकली। उसके दोनों बैल भी कान खड़े करके इस बोली को परखते हैं।

'मेरा नाम!...नाम मेरा है हिरामन!'

उसकी सवारी मुस्कराती है।...मुस्कराहट में खुशबू है।

'तब तो मीता कहूँगी, भैया नहीं।—मेरा नाम भी हीरा है।'

'इस्स!' हिरामन को परतीत नहीं, 'मर्द और औरत के नाम में फर्क होता है।'

'हाँ जी, मेरा नाम भी हीराबाई है।'

कहाँ हिरामन और कहाँ हीराबाई, बहुत फर्क है!

हिरामन ने अपने बैलों को झिड़की दी—'कान चुनिया कर गप सुनने से ही तीस कोस मंजिल कटेगी क्या? इस बाएँ नाटे के पेट में शैतानी भरी है।' हिरामन ने बाएँ बैल को दुआली की हल्की झड़प दी।

'मारो मत, धीरे-धीरे चलने दो। जल्दी क्या है?'

हिरामन के सामने सवाल उपस्थित हुआ, वह क्या कह कर 'गप' करे हीराबाई से? 'तोहें', कहे या 'अहाँ'? उसकी भाषा में बड़ों को 'अहाँ' अर्थात् 'आप' कह कर संबोधित किया जाता है। कचराही बोली में दो-चार सवाल-जवाब चल सकता है, दिल-खोल गप तो गाँव की बोली में ही की जा सकती है किसी से।

आसिन-कातिक को भोर में छा जानेवाले कुहासे से हिरामन को पुरानी चिढ़ है। बहुत बार वह सड़क भूल कर भटक चुका है। किंतु आज की भोर के इस घने कुहासे में भी वह मगन है। नदी के किनारे घने खेतों से फूले हुए धान के

पौधों की पवनिया गंध आती है। पर्व-पावन के दिन गाँव में ऐसी ही सुगंध फैली रहती है। उसकी गाड़ी में फिर चंपा का फूल खिला। उस फूल में एक परी बैठी है।...जै भगवती!

हिरामन ने आँख की कनखियों से देखा, उसकी सवारी...मीता...हीराबाई की आँखें गुजुर-गुजुर उसको हेर रही हैं। हिरामन के मन में कोई अजानी रागिनी बज उठी। सारी देह सिरसिरा रही है। वह बोला, 'बैल को मारते हैं तो आपको बहुत बुरा लगता है?'

हीराबाई ने परख लिया, हिरामन सचमुच हीरा है।

चालीस साल का हट्टा-कट्टा, काला-कलूटा, देहाती नौजवान अपनी गाड़ी और अपने बैलों के सिवाय दुनिया की किसी और बात में विशेष दिलचस्पी नहीं लेता। घर में बड़ा भाई है, खेती करता है। बाल-बच्चेवाला आदमी है। हिरामन भाई से बढ़कर भाभी की इज़्ज़त करता है। भाभी से डरता भी है। हिरामन की भी शादी हुई थी, बचपन में ही गौने के पहले ही दुलहिन मर गई। हिरामन को अपनी दुलहिन का चेहरा अब याद नहीं।...दूसरी शादी? दूसरी शादी न करने के अनेक कारण हैं। भाभी की ज़िद, कुमारी लड़की से ही हिरामन की शादी करवाएगी। कुमारी का मतलब हुआ पाँच-सात साल की लड़की। कौन मानता है सरधा-कानून? कोई लड़की वाला दोब्याहू को अपनी लड़की गरज़ में पड़ने पर ही दे सकता है। भाभी उसकी तीन-सत्त करके बैठी है, सो बैठी है। भाभी के आगे भैया की भी नहीं चलती!...अब हिरामन ने तय कर लिया है, शादी नहीं करेगा। कौन बलाय मोल लेने जाए!...ब्याह करके फिर गाड़ीवानी क्या करेगा कोई! और सब कुछ चाहे छूट जाए, गाड़ीवानी नहीं छोड़ सकता हिरामन।

हीराबाई ने हिरामन के जैसा निश्छल आदमी बहुत कम देखा है। पूछा, 'आपका घर कौन जिल्ला में पड़ता है?' कानपुर नाम सुनते ही जो उसकी हँसी छूटी, तो बैल भड़क उठे। हिरामन हँसते समय सिर नीचा कर लेता है। हँसी बंद होने पर उसने कहा, 'वाह रे कानपुर! तब तो नाकपुर भी होगा? और जब हीराबाई ने कहा कि नाकपुर भी है, तो वह हँसते-हँसते दुहरा हो गया।

'वाह रे दुनिया! क्या-क्या नाम होता है! कानपुर, नाकपुर!' हिरामन ने हीराबाई के कान के फूल को ग़ौर से देखा। नाक की नकछवि के नग देख कर सिहर उठा—लहू की बूँद!

हिरामन ने हीराबाई का नाम नहीं सुना कभी। नौटंकी कंपनी की औरत

को वह बाईजी नहीं समझता है।...कंपनी में काम करनेवाली औरतों को वह देख चुका है। सरकस कंपनी की मालकिन, अपनी दोनों जवान बेटियों के साथ बाघगाड़ी के पास आती थी, बाघ को चारा-पानी देती थी, प्यार भी करती थी खूब। हिरामन के बैलों को भी डबलरोटी-बिस्कुट खिलाया था बड़ी बेटी ने।

हिरामन होशियार है। कुहासा छँटते ही अपनी चादर से टप्पर में परदा कर दिया—'बस दो घंटा! उसके बाद रास्ता चलना मुश्किल है। कातिक की सुबह की धूप आप बर्दास्त न कर सकिएगा। कजरी नदी के किनारे तेगछिया के पास गाड़ी लगा देंगे। दुपहरिया काट कर...।'

सामने से आती हुई गाड़ी को दूर से ही देख कर वह सतर्क हो गया। लीक और बैलों पर ध्यान लगा कर बैठ गया। राह काटते हुए गाड़ीवान ने पूछा, 'मेला टूट रहा है क्या भाई?'

हिरामन ने जवाब दिया, वह मेले की बात नहीं जानता। उसकी गाड़ी पर 'विदागी' (नैहर या ससुराल जाती हुई लड़की) है। न जाने किस गाँव का नाम बता दिया हिरामन ने।

'छत्तापुर-पचीरा कहाँ है?'

'कहीं हो, यह ले कर आप क्या करिएगा?' हिरामन अपनी चतुराई पर हँसा। परदा डाल देने पर भी पीठ में गुदगुदी लगती है।

हिरामन परदे के छेद से देखता है। हीराबाई एक दियासलाई की डिब्बी के बराबर आईने में अपने दाँत देख रही है।...मदनपुर मेले में एक बार बैलों को नन्हीं-चित्ती कौड़ियों की माला खरीद दी थी। हिरामन ने, छोटी-छोटी, नन्हीं-नन्हीं कौड़ियों की पाँत।

तेगछिया के तीनों पेड़ दूर से ही दिखलाई पड़ते हैं। हिरामन ने परदे को ज़रा सरकाते हुए कहा, 'देखिए, यही है तेगछिया। दो पेड़ जटामासी बड़ हैं और एक...उस फूल का क्या नाम है, आपके कुरते पर जैसा फूल छपा हुआ है, वैसा ही। खूब महकता है। दो कोस दूर तक गंध जाती है। उस फूल को खमीरा तंबाकू में डाल कर पीते भी हैं लोग।'

'और उस अमराई की आड़ से कई मकान दिखाई पड़ते हैं, वहाँ कोई गाँव है या मंदिर?'

हिरामन ने बीड़ी सुलगाने के पहले पूछा, 'बीड़ी पीएँ? आपको गंध तो नहीं लगेगी?...वही है नामलगर ड्योढ़ी। जिस राजा के मेले से हम लोग आ रहे हैं, उसी का दिमाद-गोतिया है।...जा रे जमाना!'

हिरामन ने 'जा रे जमाना' कह कर बात को चाशनी में डाल दिया। हीराबाई ने टप्पर के परदे को तिरछे खोंस दिया। हीराबाई की दंतपंक्ति।

'कौन जमाना?' ठुड्डी पर हाथ रख कर साग्रह बोली।

'नामलगर ड्योढ़ी का ज़माना! क्या था और क्या-से-क्या हो गया!'

हिरामन गप रसाने का भेद जानता है। हीराबाई बोली, 'तुमने देखा था वह जमाना?'

'देखा नहीं, सुना है। राज कैसे गया, बड़ी हैफवाली कहानी है। सुनते हैं, घर में देवता ने जन्म ले लिया। कहिए भला, देवता आखिर देवता हैं। हैं या नहीं? इंदरासन छोड़ कर मिरतूभुवन में जन्म ले ले तो उसका तेज कैसे सम्हाल सकता है कोई! सूरजमुखी फूल की तरह माथे के पास तेज खिला रहता। लेकिन नज़र का फेर, किसी ने नहीं पहचाना। एक बार उपलैन में लाट साहब मय लाटनी के, हवागाड़ी से आए थे। लाट ने भी नहीं, पहचाना आख़िर लटनी ने। सूरजमुखी तेज देखते ही बोल उठी—ए मैन राजा साहब, सुनो, यह आदमी का बच्चा नहीं है, देवता है।'

हिरामन ने लाटनी की बोली की नकल उतारते समय खूब डैम-फैट-लैट किया। हीराबाई दिल खोल कर हँसी। हँसते समय उसकी सारी देह दुलकती है।

हीराबाई ने अपनी ओढ़नी ठीक कर ली। तब हिरामन को लगा कि... लगा कि...

'तब? उसके बाद क्या हुआ मीता?'

'इस्स! कथ्था सुनने का बड़ा सौक है आपको?...लेकिन, काला आदमी, राजा क्या महाराजा भी हो जाए, रहेगा काला ही। साहेब के जैसा अक्किल कहाँ से पाएगा! हँस कर बात उड़ा दी सभी ने। तब रानी को बार-बार सपना देने लगा देवता! सेवा नहीं कर सकते तो जाने दो, नहीं रहेंगे तुम्हारे यहाँ। इसके बाद देवता का खेल शुरू हुआ। सबसे पहले दोनों दंतार हाथी मरे, फिर घोड़ा, फिर पटपटांग...।'

'पटपटांग क्या?'

हिरामन का मन पल-पल में बदल रहा है। मन में सतरंगा छाता धीरे-धीरे खुल रहा है, उसको लगता है।...उसकी गाड़ी पर देवकुल की औरत सवार है। देवता आखिर देवता है!

'पटपटांग! धन-दौलत, माल-मवेसी सब साफ़! देवता इंदरासन चला गया।'

हीराबाई ने ओझल होते हुए मंदिर के कँगूरे की ओर देख कर लंबी साँस ली।

'लेकिन देवता ने जाते-जाते कहा, इस राज में कभी एक छोड़ कर दो बेटा नहीं होगा। धन हम अपने साथ ले जा रहे हैं, गुन छोड़ जाते हैं। देवता के साथ सभी देव-देवी चले गए, सिर्फ सरोसती मैया रह गई। उसी का मंदिर है।'

देसी घोड़े पर पाट के बोझ लादे हुए बनियों को आते देख कर हिरामन ने टप्पर के परदे को गिरा दिया। बैलों को ललकार कर बिदेसिया नाच का बंदना गीत गाने लगा—

'जै मैया सरोसती, अरजी करत बानी,

हमरा पर होखू सहाई हे मैया, हमरा पर होखू सहाई!'

घोड़लद्दे बनियों से हिरामन ने हुलस कर पूछा, 'क्या भाव पटुआ खरीदते हैं महाजन?'

लँगड़े घोड़ेवाले बनिए ने बटगमनी जवाब दिया—'नीचे सताइस-अठाइस, ऊपर तीस। जैसा माल, वैसा भाव।'

जवान बनिये ने पूछा, 'मेले का क्या हालचाल है, भाई? कौन नौटंकी कंपनी का खेल हो रहा है, रौता कंपनी या मथुरामोहन?'

'मेले का हाल मेलावाला जाने?' हिरामन ने फिर छत्तापुर-पचीरा का नाम लिया।

सूरज दो बाँस ऊपर आ गया था। हिरामन अपने बैलों से बात करने लगा—'एक कोस जमीन! जरा दम बाँध कर चलो। प्यास की बेला हो गई न! याद है, उस बार तेगछिया के पास सरकस कंपनी के जोकर और बंदर नचानेवाला साहब में झगड़ा हो गया था। जोकड़वा ठीक बंदर की तरह दाँत किटकिटा कर किकियाने लगा था, न जाने किस-किस देस-मुलुक के आदमी आते हैं!'

हिरामन ने फिर परदे के छेद से देखा, हीराबाई एक कागज़ के टुकड़े पर आँख गड़ा कर बैठी है। हिरामन का मन आज हल्के सुर में बँधा है। उसको तरह-तरह के गीतों की याद आती है। बीस-पच्चीस साल पहले, बिदेसिया, बलवाही, छोकरा-नाचने वाले एक-से-एक ग़ज़ल खेमटा गाते थे। अब तो, भोंपा में भोंपू-भोंपू करके कौन गीत गाते हैं लोग! जा रे जमाना! छोकरा-नाच के गीत की याद आई हिरामन को -

'सजनवा बैरी हो ग'य हमार! सजनवा...!

अरे, चिठिया हो ते सब कोई बाँचे, चिठिया हो तो....

हाय! करमवा, होय करमवा....

गाड़ी की बल्ली पर उँगलियों से ताल दे कर गीत को काट दिया हिरामन

ने। छोकरा-नाच के मनुवाँ नटुवा का मुँह हीराबाई-जैसा ही था।...कहाँ चला गया वह जमाना? हर महीने गाँव में नाचनेवाले आते थे। हिरामन ने छोकरा-नाच के चलते अपनी भाभी की न जाने कितनी बोली-ठोली सुनी थी। भाई ने घर से निकल जाने को कहा था।

आज हिरामन पर माँ सरोसती सहाय हैं, लगता है। हीराबाई बोली, 'वाह, कितना बढ़िया गाते हो तुम!'

हिरामन का मुँह लाल हो गया। वह सिर नीचा कर के हँसने लगा।

आज तेगछिया पर रहनेवाले महावीर स्वामी भी सहाय हैं हिरामन पर। तेगछिया के नीचे एक भी गाड़ी नहीं। हमेशा गाड़ी और गाड़ीवानों की भीड़ लगी रहती है यहाँ। सिर्फ एक साइकिलवाला बैठ कर सुस्ता रहा है। महावीर स्वामी को सुमरकर हिरामन ने गाड़ी रोकी। हीराबाई परदा हटाने लगी। हिरामन ने पहली बार आँखों से बात की हीराबाई से—साइकिलवाला इधर ही टकटकी लगा कर देख रहा है।

बैलों को खोलने के पहले बाँस की टिकटी लगा कर गाड़ी को टिका दिया। फिर साइकिलवाले की ओर बार-बार घूरते हुए पूछा, 'कहाँ जाना है? मेला? कहाँ से आना हो रहा है? बिसनपुर से? बस, इतनी ही दूर में थसथसा कर थक गए?—जा रे जवानी!'

साइकिलवाला दुबला-पतला नौजवान मिनमिना कर कुछ बोला और बीड़ी सुलगा कर उठ खड़ा हुआ। हिरामन दुनिया-भर की निगाह से बचा कर रखना चाहता है हीराबाई को। उसने चारों ओर नज़र दौड़ा कर देख लिया—कहीं कोई गाड़ी या घोड़ा नहीं।

कजरी नदी की दुबली-पतली धारा तेगछिया के पास आ कर पूरब की ओर मुड़ गई है। हीराबाई पानी में बैठी हुई भैसों और उनकी पीठ पर बैठे हुए बगुलों को देखती रही।

हिरामन बोला, 'जाइए, घाट पर मुँह-हाथ धो आइए!'

हीराबाई गाड़ी से नीचे उतरी। हिरामन का कलेजा धड़क उठा।...नहीं, नहीं! पाँव सीधे हैं, टेढ़े नहीं। लेकिन, तलुवा इतना लाल क्यों हैं? हीराबाई घाट की ओर चली गई, गाँव की बहू-बेटी की तरह सिर नीचा कर के धीरे-धीरे। कौन कहेगा कि कंपनी की औरत है!...औरत नहीं, लड़की। शायद कुमारी ही है।

हिरामन टिकटी पर टिकी गाड़ी पर बैठ गया। उसने टप्पर में झाँक कर देखा। एक बार इधर-उधर देख कर हीराबाई के तकिए पर हाथ रख दिया। फिर

तकिए पर केहुनी डाल कर झुक गया, झुकता गया। खुशबू उसकी देह में समा गई। तकिए के गिलाफ पर कढ़े फूलों को उँगलियों से छू कर उसने सूँघा, हाय रे हाय! इतनी सुगंध! हिरामन को लगा, एक साथ पाँच चिलम गाँजा फूँक कर वह उठा है। हीराबाई के छोटे आईने में उसने अपना मुँह देखा। आँखें उसकी इतनी लाल क्यों हैं?

हीराबाई लौट कर आई तो उसने हँस कर कहा, 'अब आप गाड़ी का पहरा दीजिए, मैं आता हूँ तुरंत।'

हिरामन ने अपना सफरी झोली से सहेजी हुई गंजी निकाली। गमछा झाड़ कर कंधे पर लिया और हाथ में बालटी लटका कर चला। उसके बैलों ने बारी-बारी से 'हुँक-हुँक' करके कुछ कहा। हिरामन ने जाते-जाते उलट कर कहा, 'हाँ, हाँ, प्यास सभी को लगी है। लौट कर आता हूँ तो घास दूँगा, बदमासी मत करो!'

बैलों ने कान हिलाए।

नहा-धो कर कब लौटा हिरामन, हीराबाई को नहीं मालूम। कजरी की धारा को देखते-देखते उसकी आँखों में रात की उचटी हुई नींद लौट आई थी। हिरामन पास के गाँव से जलपान के लिए दही-चूड़ा-चीनी ले आया है।

'उठिए, नींद तोड़िए! दो मुट्ठी जलपान कर लीजिए!'

हीराबाई आँख खोल कर अचरज में पड़ गई। एक हाथ में मिट्टी के नए बरतन में दही, केले के पत्ते। दूसरे हाथ में बालटी-भर पानी। आँखों में आत्मीयतापूर्ण अनुरोध!

'इतनी चीजें कहाँ से ले आए!'

'इस गाँव का दही नामी है।...चाह तो फारबिसगंज जा कर ही पाइएगा।

हिरामन की देह की गुदगुदी मिट गई। हीराबाई ने कहा, 'तुम भी पत्तल बिछाओ।...क्यों? तुम नहीं खाओगे तो समेट कर रख लो अपनी झोली में। मैं भी नहीं खाऊँगी।'

'इस्स!' हिरामन लजा कर बोला, 'अच्छी बात! आप खा लीजिए पहले!'

'पहले-पीछे क्या? तुम भी बैठो।'

हिरामन का जी जुड़ा गया। हीराबाई ने अपने हाथ से उसका पत्तल बिछा दिया, पानी छींट दिया, चूड़ा निकाल कर दिया। इस्स! धन्न है, धन्न है! हिरामन ने देखा, भगवती मैया भोग लगा रही है। लाल होठों पर गोरस का परस!...पहाड़ी तोते को दूध-भात खाते देखा है?

दिन ढल गया।

टप्पर में सोई हीराबाई और जमीन पर दरी बिछा कर सोए हिरामन की नींद एक ही साथ खुली।...मेले की ओर जानेवाली गाड़ियाँ तेगछिया के पास रुकी हैं। बच्चे कचर-पचर कर रहे हैं।

हिरामन हड़बड़ा कर उठा। टप्पर के अंदर झाँक कर इशारे से कहा—दिन ढल गया! गाड़ी में बैलों को जोतते समय उसने गाड़ीवानों के सवालों का कोई जवाब नहीं दिया। गाड़ी हाँकते हुए बोला, 'सिरपुर बाजार के इसपिताल की डागदरनी हैं। रोगी देखने जा रही हैं। पास ही कुड़मागाम।'

हीराबाई छत्तापुर-पचीरा का नाम भूल गई। गाड़ी जब कुछ दूर आगे बढ़ आई तो उसने हँस कर पूछा, 'पत्तापुर-छपीरा?'

हँसते-हँसते पेट में बल पड़ जाए हिरामन के—'पत्तापुर-छपीरा! हा-हा। वे लोग छत्तापुर-पचीरा के ही गाड़ीवान थे, उनसे कैसे कहता! ही-ही-ही!'

हीराबाई मुस्कराती हुई गाँव की ओर देखने लगी।

सड़क तेगछिया गाँव के बीच से निकलती है। गाँव के बच्चों ने परदेवाली गाड़ी देखी और तालियाँ बजा-बजा कर रटी हुई पंक्तियाँ दुहराने लगे -

'लाली-लाली डोलिया में

लाली रे दुलहिनिया

पान खाए...!'

हिरामन हँसा।...दुलहिनिया...लाली-लाली डोलिया! दुलहिनिया पान खाती है, दुलहा की पगड़ी में मुँह पोंछती है। ओ दुलहिनिया, तेगछिया गाँव के बच्चों को याद रखना। लौटती बेर गुड़ का लड्डू लेती अइयो। लाख बरिस तेरा दुलहा जीए!...कितने दिनों का हौसला पूरा हुआ है हिरामन का! ऐसे कितने सपने देखे हैं उसने! वह अपनी दुलहिन को ले कर लौट रहा है। हर गाँव के बच्चे तालियाँ बजा कर गा रहे हैं। हर आँगन से झाँक कर देख रही हैं औरतें। मर्द लोग पूछते हैं, 'कहाँ की गाड़ी है, कहाँ जाएगी? उसकी दुलहिन डोली का परदा थोड़ा सरका कर देखती है। और भी कितने सपने...

गाँव से बाहर निकल कर उसने कनखियों से टप्पर के अंदर देखा, हीराबाई कुछ सोच रही है। हिरामन भी किसी सोच में पड़ गया। थोड़ी देर के बाद वह गुनगुनाने लगा-

'सजन रे झूठ मति बोलो, खुदा के पास जाना है।

नहीं हाथी, नहीं घोड़ा, नहीं गाड़ी—

वहाँ पैदल ही जाना है। सजन रे...।'

हीराबाई ने पूछा, 'क्यों मीता? तुम्हारी अपनी बोली में कोई गीत नहीं क्या?'

हिरामन अब बेखटक हीराबाई की आँखों में आँखें डाल कर बात करता है। कंपनी की औरत भी ऐसी होती हैं? सरकस की मालकिन मेम थी। लेकिन हीराबाई? गाँव की बोली में गीत सुनना चाहती है। वह खुल कर मुस्कराया—'गाँव की बोली आप समझिएगा?'

'हूँ-ऊँ-ऊँ!' हीराबाई ने गर्दन हिलाई। कान के झुमके हिल गए।

हिरामन कुछ देर तक बैलों को हाँकता रहा चुपचाप। फिर बोला, 'गीत जरूर ही सुनिएगा? नहीं मानिएगा? इस्स! इतना सौक गाँव का गीत सुनने का है आपको! तब लीक छोड़नी होगी। चालू रास्ते में कैसे गीत गा सकता है कोई!'

हिरामन ने बाएँ बैल की रस्सी खींच कर दाहिने को लीक से बाहर किया और बोला, 'हरिपुर हो कर नहीं जाएँगे तब।'

चालू लीक को काटते देख कर हिरामन की गाड़ी के पीछेवाले गाड़ीवान ने चिल्ला कर पूछा, 'काहे हो गाड़ीवान, लीक छोड़ कर बेलीक कहाँ उधर?'

हिरामन ने हवा में दुआली घुमाते हुए जवाब दिया—'कहाँ है बेलीक? वह सड़क नननपुर तो नहीं जाएगी।' फिर अपने-आप बड़बड़ाया, 'इस मुलुक के लोगों की यही आदत बुरी है। राह चलते एक सौ जिरह करेंगे। अरे भाई, तुमको जाना है, जाओ।...देहाती भुच्च सब!'

नननपुर की सड़क पर गाड़ी ला कर हिरामन ने बैलों की रस्सी ढीली कर दी। बैलों ने दुलकी चाल छोड़ कर कदमचाल पकड़ी।

हीराबाई ने देखा, सचमुच नननपुर की सड़क बड़ी सूनी है। हिरामन उसकी आँखों की बोली समझता है—'घबराने की बात नहीं। यह सड़क भी फारबिसगंज जाएगी, राह-घाट के लोग बहुत अच्छे हैं।...एक घड़ी रात तक हम लोग पहुँच जाएँगे।'

हीराबाई को फारबिसगंज पहुँचने की जल्दी नहीं। हिरामन पर उसको इतना भरोसा हो गया कि डर-भय की कोई बात नहीं उठती है मन में। हिरामन ने पहले जी-भर मुस्करा लिया। कौन गीत गाए वह! हीराबाई को गीत और कथा दोनों का सौक है...इस्स! महुआ घटवारिन? वह बोला, 'अच्छा, जब आपको इतना सौक है तो सुनिए महुआ घटवारिन का गीत। इसमें गीत भी है, कथा भी है।'

...कितने दिनों के बाद भगवती ने यह हौसला भी पूरा कर दिया। जै भगवती! आज हिरामन अपने मन को खलास कर लेगा। वह हीराबाई की थमी हुई मुस्कुराहट को देखता रहा।

'सुनिए! आज भी परमान नदी में महुआ घटवारिन के कई पुराने घाट हैं।

इसी मुलुक की थी महुआ! थी तो घटवारिन, लेकिन सौ सतवंती में एक थी। उसका बाप दारू-ताड़ी पी कर दिन-रात बेहोश पड़ा रहता। उसकी सौतेली माँ साच्छात राकसनी! बहुत बड़ी नज़र-चालक। रात में गाँजा-दारू-अफीम चुरा कर बेचनेवाले से ले कर तरह-तरह के लोगों से उसकी जान-पहचान थी। सबसे घुट्टी-भर हेल-मेल। महुआ कुमारी थी। लेकिन काम कराते-कराते उसकी हड्डी निकाल दी थी राकसनी ने। जवान हो गई, कहीं शादी-ब्याह की बात भी नहीं चलाई। एक रात की बात सुनिए!'

हिरामन ने धीरे-धीरे गुनगुना कर गला साफ़ किया -

हे अ-अ-अ- सावना-भादवा के—र- उमड़ल नदिया -गे-में-मैं-यो-
ओ-ओ, मैयो गे रैनि भयावनि-हे-ए-ए-ए; तड़का-तड़के-धड़के
करेज-आ-आ मोरा कि हमहूँ जे बार-नान्ही रे-ए-ए...।'

ओ माँ! सावन-भादों की उमड़ी हुई नदी, भयावनी रात, बिजली कड़ती है, मैं बारी-क्वारी नन्ही बच्ची, मेरा कलेजा धड़कता है। अकेली कैसे जाऊँ घाट पर? सो भी एक परदेशी राही-बटोही के पैर में तेल लगाने के लिए! सत-माँ ने अपनी बज्जर-किवाड़ी बंद कर ली। आसमान में मेघ हड़बड़ा उठे और हरहरा कर बरसा होने लगी। महुआ रोने लगी, अपनी मरी माँ की याद करके। आज उसकी माँ रहती तो ऐसे दुरदिन में कलेजे से सटा कर रखती अपनी महुआ बेटी को। गे मइया, इसी दिन के लिए, यही दिखाने के लिए तुमने कोख में रखा था? महुआ अपनी माँ पर गुस्साई—क्यों वह अकेली मर गई, जी-भर कर कोसती हुई बोली।

हिरामन ने लक्ष्य किया, हीराबाई तकिए पर केहुनी गड़ा कर, गीत में मगन एकटक उसकी ओर देख रही है।...खोई हुई सूरत कैसी भोली लगती है!

हिरामन ने गले में कँपकँपी पैदा की—

'हूँ-ऊँ-ऊँ-रे डाइनियाँ मैयों मोरी-ई-ई, नोनवा चटाई काहे नाहिं
मारलि सौरी-घर-अ-अ। एहि दिनवाँ खातिर छिनरो घिया तेंहु पोसलि
कि नेनू-दूध उगटन ..।

हिरामन ने दम लेते हुए पूछा, 'भाखा भी समझती हैं कुछ या खाली गीत ही सुनती हैं?'

हीरा बोली, 'समझती हूँ। उगटन माने उबटन—जो देह में लगाते हैं।'

हिरामन ने विस्मित हो कर कहा, 'इस्स!'...सो रोने-धोने से क्या होए! सौदागर ने पूरा दाम चुका दिया था महुआ का। बाल पकड़ कर घसीटता हुआ

नाव पर चढ़ा और माँझी को हुकुम दिया, नाव खोलो, पाल बाँधो! पालवाली नाव परवाली चिड़िया की तरह उड़ चली। रात-भर महुआ रोती-छटपटाती रही। सौदागर के नौकरों ने बहुत डराया-धमकाया—चुप रहो, नहीं तो उठा कर पानी में फेंक देंगे। बस, महुआ को बात सूझ गई। भोर का तारा मेघ की आड़ से ज़रा बाहर आया, फिर छिप गया। इधर महुआ भी छपाक से कूद पड़ी पानी में।...सौदागर का एक नौकर महुआ को देखते ही मोहित हो गया था। महुआ की पीठ पर वह भी कूदा। उलटी धारा में तैरना खेल नहीं, सो भी भरी भादों की नदी में। महुआ असल घटवारिन की बेटी थी। मछली भी भला थकती है पानी में! सफरी मछली-जैसी फरफराती, पानी चीरती भागी चली जा रही है। और उसके पीछे सौदागर का नौकर पुकार-पुकार कर कहता है—‘महुआ ज़रा थमो, तुमको पकड़ने नहीं आ रहा, तुम्हारा साथी हूँ। ज़िन्दगी-भर साथ रहेंगे हम लोग।’ लेकिन...।

हिरामन का बहुत प्रिय गीत है यह। महुआ घटवारिन गाते समय उसके सामने सावन-भादों की नदी उमड़ने लगती है, अमावस्या की रात और घने बादलों में रह-रह कर बिजली चमक उठती है। उसी चमक में लहरों से लड़ती हुई बारी-कुमारी महुआ की झलक उसे मिल जाती है। सफरी मछली की चाल और तेज़ हो जाती है। उसको लगता है, वह खुद सौदागर का नौकर है। महुआ कोई बात नहीं सुनती। परतीत करती नहीं। उलट कर देखती भी नहीं। और वह थक गया है, तैरते-तैरते।

इस बार लगता है महुआ ने अपने को पकड़ा दिया। खुद ही पकड़ में आ गई है। उसने महुआ को छू लिया है, पा लिया है, उसकी थकन दूर हो गई है। पंद्रह-बीस साल तक उमड़ी हुई नदी की उलटी धारा में तैरते हुए उसके मन को किनारा मिल गया है। आनंद के आँसू कोई भी रोक नहीं मानते।

उसने हीराबाई से अपनी गीली आँखें चुराने की कोशिश की। किंतु हीरा तो उसके मन में बैठी न जाने कब से सब कुछ देख रही थी। हिरामन ने अपनी काँपती हुई बोली को काबू में ला कर बैलों को झिड़की दी—‘इस गीत में न जाने क्या है कि सुनते ही दोनों थसथसा जाते हैं। लगता है, सौ मन बोझ लाद दिया किसी ने।’

हीराबाई लंबी साँस लेती है। हिरामन के अंग-अंग में उमंग समा जाती है।

‘तुम तो उस्ताद हो मीता!’

'इस्स!'

आसिन-कातिक का सूरज दो बाँस दिन रहते ही कुम्हला जाता है। सूरज डूबने से पहले ही नननपुर पहुँचना है। हिरामन अपने बैलों को समझा रहा है—'कदम खोल कर और कलेजा बाँध कर चलो...ए...छिकः...छि! बढ़े भैयन! ले-ले-ले-ए हेय!'

नननपुर तक वह अपने बैलों को ललकारता रहा। हर ललकार के पहले वह अपने बैलों को बीती हुई बातों की याद दिलाता—याद नहीं, चौधरी की बेटी की बरात में कितनी गाड़ियाँ थीं, सबको कैसे मात किया था! हाँ, वही कदम निकालो। ले-ले-ले! नननपुर से फारबिसगंज तीन कोस! दो घंटे और!

नननपुर के हाट पर आजकल चाय भी बिकने लगी है। हिरामन अपने लोटे में चाय भर कर ले आया।...कंपनी की औरत जानता है वह, सारा दिन, घड़ी-घड़ी भर में चाय पीती रहती है। चाय है या जान!

हीरा हँसते-हँसते लोट-पोट हो रही है—'अरे, तुमसे किसने कह दिया कि क्वारे आदमी को चाय नहीं पीनी चाहिए?'

हिरामन लजा गया। क्या बोले वह!...लाज की बात। लेकिन वह भोग चुका है एक बार। सरकस कंपनी की मेम के हाथ की चाय पी कर उसने देख लिया है। बड़ी गरम तासीर!

'पीजिए गुरुजी!' हीरा हँसी!

'इस्स!'

नननपुर हाट पर दीया-बाती जल चुकी थी। हिरामन ने अपना सफरी लालटेन जला कर पिछवा में लटका दिया। आजकल शहर से पाँच कोस दूर के गाँववाले भी अपने को शहरू समझने लगे हैं। बिना रोशनी की गाड़ी को पकड़ कर चालान कर देते हैं। बारह बखेड़ा !

'आप मुझे गुरु जी मत कहिए।'

'तुम मेरे उस्ताद हो। हमारे शास्तर में लिखा हुआ है : एक अच्छर सिखानेवाला भी गुरु और एक राग सिखानेवाला भी उस्ताद!'

'इस्स! सास्तर-पुरान भी जानती हैं!...मैंने क्या सिखाया? मैं क्या...?'

हीरा हँस कर गुनगुनाने लगी—'हे-अ-अ-अ- सावना-भादवा के-र...!'

हिरामन अचरज के मारे गूँगा हो गया।...इस्स! इतना तेज़ जेहन! हू-ब-हू महुआ घटवारिन!

गाड़ी सीताधार की एक सूखी धारा की उतराई पर गड़गड़ा कर नीचे की

ओर उतरी। हीराबाई ने हिरामन का कंधा धर लिया एक हाथ से। बहुत देर तक हिरामन के कंधे पर उसकी उँगलियाँ पड़ी रहीं। हिरामन ने नज़र फिरा कर कंधे पर केंद्रित करने की कोशिश की, कई बार। गाड़ी चढ़ाई पर पहुँची तो हीरा की ढीली उँगलियाँ फिर तन गईं।

सामने फारबिसगंज शहर की रोशनी झिलमिला रही है। शहर से कुछ दूर हट कर मेले की रोशनी...टप्पर में लटके लालटेन की रोशनी में छाया नाचती है आसपास।... डबडबाई आँखों से, हर रोशनी सूरजमुखी फूल की तरह दिखाई पड़ती है।

फारबिसगंज तो हिरामन का घर-दुआर है!

न जाने कितनी बार वह फारबिसगंज आया है। मेले की लदनी लादी है। किसी औरत के साथ? हाँ, एक बार। उसकी भाभी जिस साल आई थी गौने में। इसी तरह तिरपाल से गाड़ी को चारों ओर से घेर कर बासा बनाया गया था।

हिरामन अपनी गाड़ी को तिरपाल से घेर रहा है, गाड़ीवान-पट्टी में। सुबह होते ही रौता नौटंकी कंपनी के मैनेजर से बात करके भरती हो जाएगी हीराबाई। परसों मेला खुल रहा है। इस बार मेले में पालचट्टी खूब जमी है।...बस, एक रात। आज रात-भर हिरामन की गाड़ी में रहेगी वह।...हिरामन की गाड़ी में नहीं, घर में!

'कहाँ की गाड़ी है?...कौन, हिरामन! किस मेले से? किस चीज की लदनी है?'

गाँव-समाज के गाड़ीवान, एक-दूसरे को खोज कर, आसपास गाड़ी लगा कर बासा डालते हैं। अपने गाँव के लालमोहर, धुन्नीराम और पलटदास वगैरह गाड़ीवानों के दल को देख कर हिरामन अचकचा गया। उधर पलटदास टप्पर में झाँक कर भड़का। मानो बाघ पर नज़र पड़ गई। हिरामन ने इशारे से सभी को चुप किया। फिर गाड़ी की ओर कनखी मार कर फुसफुसाया—'चुप! कंपनी की औरत है, नौटंकी कंपनी की।'

'कंपनी की -ई-ई-ई!'

' ? ?...? ?...!

एक नहीं, अब चार हिरामन! चारों ने अचरज से एक-दूसरे को देखा। कंपनी नाम में कितना असर है! हिरामन ने लक्ष्य किया, तीनों एक साथ सटक-दम हो गए। लालमोहर ने ज़रा दूर हट कर बतियाने की इच्छा प्रकट की, इशारे से ही।

हिरामन ने टप्पर की ओर मुँह करके कहा, 'होटिल तो नहीं खुला होगा कोई, हलवाई के यहाँ से पक्की ले आवें!'

'हिरामन, ज़रा इधर सुनो।...मैं कुछ नहीं खाऊँगी अभी। लो, तुम खा आओ।'

'क्या है, पैसा? इस्स!'...पैसा दे कर हिरामन ने कभी फारबिसगंज में कच्ची-पक्की नहीं खाई। उसके गाँव के इतने गाड़ीवान हैं, किस दिन के लिए? वह छू नहीं सकता पैसा। उसने हीराबाई से कहा, 'बेकार, मेला-बाज़ार में हुज्जत मत कीजिए। पैसा रखिए।' मौका पा कर लालमोहर भी टप्पर के करीब आ गया। उसने सलाम करते हुए कहा, 'चार आदमी के भात में दो आदमी खुशी से खा सकते हैं। बासा पर भात चढ़ा हुआ है। हें-हें-हें! हम लोग एकहि गाँव के हैं। गौंवाँ-गरामिन के रहते होटिल और हलवाई के यहाँ खाएगा हिरामन?'

हिरामन ने लालमोहर का हाथ टीप दिया—'बेसी भचर-भचर मत बको।'

गाड़ी से चार रस्सी दूर जाते-जाते धुन्नीराम ने अपने कुलबुलाते हुए दिल की बात खोल दी—'इस्स! तुम भी खूब हो हिरामन! उस साल कंपनी का बाघ, इस बार कंपनी की जनानी!'

हिरामन ने दबी आवाज़ में कहा, 'भाई रे, यह हम लोगों के मुलुक की जनाना नहीं कि लटपट बोली सुन कर भी चुप रह जाए। एक तो पच्छिम की औरत, तिस पर कंपनी की!'

धुन्नीराम ने अपनी शंका प्रकट की—'लेकिन कंपनी में तो सुनते हैं पतुरिया रहती है।'

'धत्!' सभी ने एक साथ उसको दुरदुरा दिया, 'कैसा आदमी है! पतुरिया रहेगी कंपनी में भला! देखो इसकी बुद्धि। सुना है, देखा तो नहीं है कभी!'

धुन्नीराम ने अपनी गलती मान ली। पलटदास को बात सूझी—'हिरामन भाई, जनाना जात अकेली रहेगी गाड़ी पर? कुछ भी हो, जनाना आखिर जनाना ही है। कोई जरूरत ही पड़ जाए!'

यह बात सभी को अच्छी लगी। हिरामन ने कहा, 'बात ठीक है। पलट, तुम लौट जाओ, गाड़ी के पास ही रहना। और देखो, गपशप जरा होशियारी से करना। हाँ!'

हिरामन की देह से अतर-गुलाब की खुशबू निकलती है। हिरामन करमसाँड़ है। उस बार महीनों तक उसकी देह से बघाइन गंध नहीं गई। लालमोहर ने हिरामन की गमछी सूँघ ली—'ए-हू!'

हिरामन चलते-चलते रुक गया—'क्या करें लालमोहर भाई, ज़रा कहो तो! बड़ी जिद्द करती है, कहती है, नौटंकी देखना ही होगा।'

'फोकट में ही?'

'और गाँव नहीं पहुँचेगी यह बात?'

हिरामन बोला, 'नहीं जी! एक रात नौटंकी देख कर ज़िन्दगी-भर बोली-ठोली कौन सुने?...देसी मुर्गी बिलायती चाल!'

धुन्नीराम ने पूछा, 'फोकट में देखने पर भी तुम्हारी भौजाई बात सुनाएगी?'

लालमोहर के बासा के बगल में, एक लकड़ी की दुकान लाद कर आए हुए गाड़ीवानों का बासा है। बासा के मीर-गाड़ीवान मियाँजान बूढ़े ने सफरी गुड़गुड़ी पीते हुए पूछा, 'क्यों भाई, मीनाबाज़ार की लदनी लाद कर कौन आया है?'

मीनाबाज़ार! मीनाबाज़ार तो पतुरिया-पट्टी को कहते हैं।...क्या बोलता है यह बूढ़ा मियाँ? लालमोहर ने हिरामन के कान में फुसफुसा कर कहा, 'तुम्हारी देह मह-मह-महकती है। सच!'

लहसनवाँ लालमोहर का नौकर-गाड़ीवान है। उम्र में सबसे छोटा है। पहली बार आया है तो क्या? बाबू-बबुआनों के यहाँ बचपन से नौकरी कर चुका है। वह रह-रह कर वातावरण में कुछ सूँघता है, नाक सिकोड़ कर। हिरामन ने देखा, लहसनवाँ का चेहरा तमतमा गया है। कौन आ रहा है धड़धड़ाता हुआ?—'कौन, पलटदास? क्या है?'

पलटदास आ कर खड़ा हो गया चुपचाप। उसका मुँह भी तमतमाया हुआ था। हिरामन ने पूछा, 'क्या हुआ? बोलते क्यों नहीं?'

क्या जवाब दे पलटदास! हिरामन ने उसको चेतावनी दे दी थी, गपशप होशियारी से करना। वह चुपचाप गाड़ी की आसनी पर जा कर बैठ गया, हिरामन की जगह पर। हीराबाई ने पूछा, 'तुम भी हिरामन के साथ हो?' पलटदास ने गरदन हिला कर हामी भरी। हीराबाई फिर लेट गई।...चेहरा-मोहरा और बोली-बानी देख-सुन कर, पलटदास का कलेजा काँपने लगा, न जाने क्यों। हाँ! रामलीला में सिया सुकुमारी इसी तरह थकी लेटी हुई थी। जै! सियावर रामचंद्र की जै! ...पलटदास के मन में जै-जैकार होने लगा। वह दास-वैस्नव है, कीर्तनिया है। थकी हुई सीता महारानी के चरण टीपने की इच्छा प्रकट की उसने, हाथ की उँगलियों के इशारे से, मानो हारमोनियम की पटरियों पर नचा रहा हो। हीराबाई तमक कर बैठ गई—'अरे, पागल है क्या? जाओ, भागो!...'

पलटदास को लगा, गुस्साई हुई कंपनी की औरत की आँखों से चिनगारी निकल रही है—छटक्-छटक्! वह भागा।

पलटदास क्या जवाब दे! वह मेले से भी भागने का उपाय सोच रहा है। बोला, 'कुछ नहीं। हमको व्यापारी मिल गया। अभी ही टीसन जा कर माल लादना है। भात में तो अभी देर है। मैं लौट आता हूँ तब तक।'

खाते समय धुन्नीराम और लहसनवाँ ने पलटदास की टोकरी-भर निंदा की। छोटा आदमी है। कमीना है। पैसे-पैसे का हिसाब जोड़ता है। खाने-पीने के बाद लालमोहर के दल ने अपना बासा तोड़ दिया। धुन्नी और लहसनवाँ गाड़ी जोत कर हिरामन के बासा पर चले, गाड़ी की लीक धर कर। हिरामन ने चलते-चलते रुक कर, लालमोहर से कहा, 'ज़रा मेरे इस कंधे को सूँघो तो। सूँघ कर देखो न?'

लालमोहर ने कंधा सूँघ कर आँखे मूँद लीं। मुँह से अस्फुट शब्द निकला—ए—ह!'

हिरामन ने कहा, 'ज़रा-सा हाथ रखने पर इतनी खुश्बू!...समझे!' लालमोहर ने हिरामन का हाथ पकड़ लिया—'कंधे पर हाथ रखा था, सच?...सुनो हिरामन, नौटंकी देखने का ऐसा मौका फिर कभी हाथ नहीं लगेगा। हाँ!'

'तुम भी देखोगे?' लालमोहर की बत्तीसी चौराहे की रोशनी में झिलमिला उठी।

बासा पर पहुँच कर हिरामन ने देखा, टप्पर के पास खड़ा बतिया रहा है कोई, हीराबाई से। धुन्नी और लहसनवाँ ने एक ही साथ कहा, 'कहाँ रह गए पीछे? बहुत देर से खोज रही है कंपनी...!'

हिरामन ने टप्पर के पास जा कर देखा—अरे, यह तो वही बक्सा ढोनेवाला नौकर, जो चंपानगर मेले में हीराबाई को गाड़ी पर बिठा कर अँधेरे में गायब हो गया था।

'आ गए हिरामन! अच्छी बात, इधर आओ।...यह लो अपना भाड़ा और यह लो अपनी दच्छिना! पच्चीस-पच्चीस, पचास।'

हिरामन को लगा, किसी ने आसमान से धकेल कर धरती पर गिरा दिया। किसी ने क्यों, इस बक्सा ढोनेवाले आदमी ने। कहाँ से आ गया? उसकी जीभ पर आई हुई बात जीभ पर ही रह गई...इस्स! दच्छिना! वह चुपचाप खड़ा रहा।

हीराबाई बोली, 'लो पकड़ो! और सुनो, कल सुबह रौता कंपनी में आ कर मुझसे भेंट करना। पास बनवा दूँगी।...बोलते क्यों नहीं?'

लालमोहर ने कहा, 'इलाम-बकसीस दे रही है मालकिन, ले लो हिरामन!

हिरामन ने कट कर लालमोहर की ओर देखा।...बोलने का ज़रा भी ढंग नहीं इस लालमोहरा को।'

धुन्नीराम की स्वगतोक्ति सभी ने सुनी, हीराबाई ने भी—गाड़ी-बैल छोड़ कर नौटंकी कैसे देख सकता है कोई गाड़ीवान, मेले में?

हिरामन ने रुपया लेते हुए कहा, 'क्या बोलेंगे!' उसने हँसने की चेष्टा की। कंपनी की औरत कंपनी में जा रही है। हिरामन का क्या!

बक्सा ढोनेवाला रास्ता दिखाता हुआ आगे बढ़ा—'इधर से।' हीराबाई जाते-जाते रुक गई। हिरामन के बैलों को संबोधित करके बोली, 'अच्छा, मैं चली भैयन।'

बैलों ने, भैया शब्द पर कान हिलाए।

'? ?...!'

'भा-इ-यो, आज रात! दि रौता संगीत कंपनी के स्टेज पर! गुलबदन देखिए, गुलबदन! आपको यह जान कर खुशी होगी कि मथुरामोहन कंपनी की मशहूर एक्ट्रेस मिस हीरादेवी, जिसकी एक-एक अदा पर हज़ार जान फ़िदा हैं, इस बार हमारी कंपनी में आ गई हैं। याद रखिए। आज की रात। मिस हीरादेवी गुलबदन...!'

नौटंकीवालों के इस एलान से मेले की हर पट्टी में सरगर्मी फैल रही है।... हीराबाई? मिस हीरादेवी? लैला, गुलबदन...? फिलिम एक्ट्रेस को मात करती है।

तेरी बाँकी अदा पर मैं खुद हूँ फिदा,

तेरी चाहत को दिलबर बयाँ क्या करूँ!

यही ख्वाहिश है कि इ-इ-इ तू मुझको देखा करे

और दिलोजान मैं तुमको देखा करूँ।

...किर्र-र्र-र्र-र्र...कड़ड़ड़र्र-र्र-घन-घन-धघम।

हर आदमी का दिल नगाड़ा हो गया है।

लालमोहर दौड़ता-हाँफता बासा पर आया—'ऐ, ऐ हिरामन, यहाँ क्या बैठे हो, चल कर देखो जै-जैकार हो रहा है! मय बाजा-गाजा, छापी-फाहरम के साथ हीराबाई की जै-जै कर रहा हूँ।'

हिरामन हड़बड़ा कर उठा। लहसनवाँ ने कहा, 'धुन्नी काका, तुम बासा पर रहो, मैं भी देख आऊँ।'

धुन्नी की बात कौन सुनता है। तीनों जन नौटंकी कंपनी ढी ऐलानिया पार्टी के पीछे-पीछे चलने लगे। हर नुक्कड़ पर रुक कर, बाजा बंद कर के ऐलान

किया जाना है। ऐलान के हर शब्द पर हिरामन पुलक उठता है। हीराबाई का नाम, नाम के साथ अदा-फ़िदा वग़ैरह सुन कर उसने लालमोहर की पीठ थपथपा दी—‘धन्न है, धन्न है! है या नहीं?’

लालमोहर ने कहा, ‘अब बोलो! अब भी नौटंकी नहीं देखोगे?’ सुबह से ही धुन्नीराम और लालमोहर समझा रहे थे, समझा कर हार चुके थे—‘कंपनी में जा कर भेंट कर आओ। जाते-जाते पुरसिस कर गई है।’ लेकिन हिरामन की बस एक बात—‘धत्त, कौन भेंट करने जाए! कंपनी की औरत, कंपनी में गई। अब उससे क्या लेना-देना! चीन्हेगी भी नहीं!’

वह मन-ही-मन रूठा हुआ था। ऐलान सुनने के बाद उसने लालमोहर से कहा, ‘जरूर देखना चाहिए, क्यों लालमोहर?’

दोनों आपस में सलाह करके रौता कंपनी की ओर चले। ख़ेमे के पास पहुँच कर हिरामन ने लालमोहर को इशारा किया, पूछताछ करने का भार लालमोहर के सिर। लालमोहर कचराही बोलना जानता है। लालमोहर ने एक काले कोटवाले से कहा, ‘बाबू साहेब, जरा सुनिए तो!’

काले कोटवाले ने नाक-भौं चढ़ा कर कहा—‘क्या है? इधर क्यों?’

लालमोहर की कचराही बोली गड़बड़ा गई—तेवर देख कर बोला, ‘गुलगुल ...नहीं-नहीं...बुल-बुल...नहीं... ।’

हिरामन ने झट-से सम्हाल दिया—‘हीरादेवी किधर रहती हैं, बता सकते हैं?’ उस आदमी की आँखें हठात् लाल हो गईं। सामने खड़े नेपाली सिपाही को पुकार कर कहा, ‘इन लोगों को क्यों आने दिया इधर?’

‘हिरामन!’...वही फेनूगिलासी आवाज़ किधर से आई? ख़ेमे के परदे को हटा कर हीराबाई ने बुलाया—यहाँ आ जाओ, अंदर!...देखो, बहादुर! इसको पहचान लो। यह मेरा हिरामन है। समझे?’

नेपाली दरबान हिरामन की ओर देख कर ज़रा मुस्कराया और चला गया। काले कोटवाले से जा कर कहा, ‘हीराबाई का आदमी है। नहीं रोकने बोला!’

लालमोहर पान ले आया नेपाली दरबान के लिए—‘खाया जाए!’

‘इस्स! एक नहीं, पाँच पास। चारों अठनिया! बोली कि जब तक मेले में हो, रोज़ रात में आ कर देखना। सबका खयाल रखती है। बोली कि तुम्हारे और साथी हैं, सभी के लिए पास ले जाओ। कंपनी की औरतों की बात निराली होती है! है या नहीं?’

लालमोहर ने लाल काग़ज़ के टुकड़ों को छू कर देखा—‘पास! वाह रे हिरामन

भाई!...लेकिन पाँच पास ले कर क्या होगा? पलटदास तो फिर पलट कर आया ही नहीं है अभी तक।'

हिरामन ने कहा, 'जाने दो अभागे को। तकदीर में लिखा नहीं।...हाँ, पहले गुरुकसम खानी होगी सभी को, कि गाँव-घर में यह बात एक पंछी भी न जान पाए।'

लालमोहर ने उत्तेजित हो कर कहा, 'कौन साला बोलेगा, गाँव में जा कर? पलटा ने अगर बदमाशी की तो दूसरी बार से फिर साथ नहीं लाऊँगा।'

हिरामन ने अपनी थैली आज हीराबाई के जिम्मे रख दी है। मेले का क्या ठिकाना! किस्म-किस्म के पाकिटकाट लोग हर साल आते हैं। अपने साथी-संगियों का भी क्या भरोसा! हीराबाई मान गई। हिरामन के कपड़े की काली थैली को उसने अपने चमड़े के बक्स में बंद कर दिया। बक्से के ऊपर भी कपड़े का खोल और अंदर भी झलमल रेशमी अस्तर! मन का मान-अभिमान दूर हो गया।

लालमोहर और धुन्नीराम ने मिल कर हिरामन की बुद्धि की तारीफ की, उसके भाग्य को सराहा बार-बार। उसके भाई और भाभी की निंदा की, दबी ज़बान से। हिरामन के जैसा हीरा भाई मिला है, इसीलिए! कोई दूसरा भाई होता तो...।'

लहसनवाँ का मुँह लटका हुआ है। ऐलान सुनते-सुनते न जाने कहाँ चला गया कि घड़ी-भर साँझ होने के बाद लौटा है। लालमोहर ने एक मालिकाना झिड़की दी है, गाली के साथ—'सोहदा कहीं का!'

धुन्नीराम ने चूल्हे पर खिचड़ी चढ़ाते हुए कहा, 'पहले यह फैसला कर लो कि गाड़ी के पास कौन रहेगा!'

'रहेगा कौन, यह लहसनवाँ कहाँ जाएगा?'

लहसनवाँ रो पड़ा—'हे-ए-ए मालिक, हाथ जोड़ते हैं। एक्को झलक! बस, एक झलक!'

हिरामन ने उदारतापूर्वक कहा, 'अच्छा-अच्छा, एक झलक क्यों, एक घंटा देखना। मैं आ जाऊँगा।'

नौटंकी शुरू होने के दो घंटे पहले ही नगाड़ा बजना शुरू हो जाता है। और नगाड़ा शुरू होते ही लोग पतंगों की तरह टूटने लगते हैं। टिकटघर के पास भीड़ देख कर हिरामन को बड़ी हँसी आई—'लालमोहर, उधर देख, कैसी धक्कमधुक्की कर रहे हैं लोग!'

'हिरामन भाय!'

'कौन, पलटदास! कहाँ की लदनी लाद आए?' लालमोहर ने पराए गाँव के आदमी की तरह पूछा।

पलटदास ने हाथ मलते हुए माफी माँगी—‘कसूरबार हैं, जो सजा दो तुम लोग, सब मंज़ूर है। लेकिन सच्ची बात कहें कि सिया सुकुमारी...।’

हिरामन के मन का पुरइन नगाड़े के ताल पर विकसित हो चुका है। बोला, ‘देखो पलटा, यह मत समझना कि गाँव-घर की जनाना है। देखो, तुम्हारे लिए भी पास दिया है, पास ले लो अपना, तमासा देखो।’

लालमोहर ने कहा, ‘लेकिन एक सर्त पर पास मिलेगा। बीच-बीच में लहसनवाँ को भी...।’

पलटदास को कुछ बताने की जरूरत नहीं। वह लहसनवाँ से बातचीत कर आया है अभी।

लालमोहर ने दूसरी शर्त सामने रखी—‘गाँव में अगर यह बात मालूम हुई किसी तरह...!’

‘राम-राम!’ दाँत से जीभ को काटते हुए कहा पलटदास ने।

पलटदास ने बताया—‘अठनिया फाटक इधर है!’ फाटक पर खड़े दरबान ने हाथ से पास ले कर उनके चेहरे को बारी-बारी से देखा, बोला, ‘यह तो पास है। कहाँ से मिला?’

अब लालमोहर की कचराही बोली सुने कोई! उसके तेवर देख कर दरबान घबरा गया—‘मिलेगा कहाँ से? अपनी कंपनी से पूछ लीजिए जा कर। चार ही नहीं, देखिए एक और है।’ जेब से पाँचवां पास निकाल कर दिखाया लालमोहर ने।

एक रुपयावाले फाटक पर नेपाली दरबान खड़ा था। हिरामन ने पुकार कर कहा, ‘ए सिपाही दाजू, सुबह को ही पहचनवा दिया और अभी भूल गए?’

नेपाली दरबान बोला, ‘हीराबाई का आदमी है सब। जाने दो। पास हैं तो फिर काहे को रोकता है?’

अठनिया दर्जा!

तीनों ने ‘कपड़ाघर’ को अंदर से पहली बार देखा। सामने कुरसी-बेंचवाले दर्जे हैं। परदे पर राम-बन-गमन की तसवीर है। पलटदास पहचान गया। उसने हाथ जोड़ कर नमस्कार किया, परदे पर अंकित रामसिया सुकुमारी और लखनलला को। ‘जै हो, जै हो!’ पलटदास की आँखें भर आईं।

हिरामन ने कहा, ‘लालमोहर, छापी सभी खड़े हैं या चल रहे हैं?’

लालमोहर अपने बगल में बैठे दर्शकों से जान-पहचान कर चुका है। उसने कहा, ‘खेला अभी परदा के भीतर है। अभी जमिनका दे रहा है, लोग जमाने के लिए।’

पलटदास ढोलक बजाना जानता है, इसलिए नगाड़े के ताल पर गरदन हिलाता है और दियासलाई पर ताल काटता है। बीड़ी आदान-प्रदान करके हिरामन ने भी एकाध जान-पहचान कर ली। लालमोहर के परिचित आदमी ने चादर से देह ढकते हुए कहा, 'नाच शुरू होने में अभी देर है, तब तक एक नींद ले लें।...सब दर्जा से अच्छा अठनिया दर्जा। सबसे पीछे सबसे ऊँची जगह पर है। जमीन पर गरम पुआल! हे-हे! कुरसी-बेंच पर बैठ कर इस सरदी के मौसम में तमासा देखनेवाले अभी घुच-घुच कर उठेंगे चाह पीने।'

उस आदमी ने अपने संगी से कहा, 'खेला शुरू होने पर जगा देना। नहीं-नहीं, खेला शुरू होने पर नहीं, हिरिया जब स्टेज पर उतरे, हमको जगा देना।'

हिरामन के कलेजे में जरा आँच लगी।...हिरिया! बड़ा लटपटिया आदमी मालूम पड़ता है। उसने लालमोहर को आँख के इशारे से कहा, 'इस आदमी से बतियाने की जरूरत नहीं।'

घन-घन-घन-धड़ाम! परदा उठ गया। हे-ए, हे-ए, हीराबाई शुरू में ही उतर गई स्टेज पर! कपड़ाघर खचमखच भर गया है। हिरामन का मुँह अचरज में खुल गया। लालमोहर को न जाने क्यों ऐसी हँसी आ रही है। हीराबाई के गीत के हर पद पर वह हँसता है, बेवजह।

गुलबदन दरबार लगा कर बैठी है। ऐलान कर रही है, जो आदमी तख्तहजारा बना कर ला देगा, मुँहमाँगी चीज़ इनाम में दी जाएगी।...अजी, है कोई ऐसा फनकार, तो हो जाए तैयार, बना कर लाए तख्तहजारा-आ! किड़किड़-किर्रि-! अलबत्त नाचती है! क्या गला है! मालूम है, यह आदमी कहता है कि हीराबाई पान-बीड़ी, सिगरेट-जर्दा कुछ नहीं खाती! ठीक कहता है। बड़ी नेमवाली रंडी है। कौन कहता है कि रंडी है! दाँत में मिस्सी कहाँ है। पौडर से दाँत धो लेती होगी। हरगिज नहीं। कौन आदमी है, बात की बेबात करता है! कंपनी की औरत को पतुरिया कहता है! तुमको बात क्यों लगी? कौन है रंडी का भड़वा? मारो साले को! मारो! तेरी...।

हो-हल्ले के बीच, हिरामन की आवाज़ कपड़ाघर को फाड़ रही है—'आओ, एक-एक की गरदन उतार लेंगे।'

लालमोहर दुआली से पटापट पीटता जा रहा है सामने के लोगों को। पलटदास एक आदमी की छाती पर सवार है—'साला, सिया सुकुमारी को गाली देता है, सो भी मुसलमान हो कर?'

धुन्नीराम शुरू से ही चुप था। मारपीट शुरू होते ही वह कपड़ाघर से निकल कर बाहर भागा।

काले कोटवाले नौटंकी के मैनेजर नेपाली सिपाही के साथ दौड़े आए। दारोगा साहब ने हंटर से पीट-पाट शुरू की। हंटर खा कर लालमोहर तिलमिला उठा, कचराही बोली में भाषण देने लगा—'दारोगा साहब, मारते हैं, मारिए। कोई हर्ज नहीं। लेकिन यह पास देख लीजिए, एक पास पाकिट में भी हैं। देख सकते हैं हुजूर। टिकट नहीं, पास!...तब हम लोगों के सामने कंपनी की औरत को कोई बुरी बात करे तो कैसे छोड़ देंगे?'

कंपनी के मैनेजर की समझ में आ गई सारी बात। उसने दारोगा को समझाया—'हुजूर, मैं समझ गया। यह सारी बदमाशी मथुरामोहन कंपनीवालों की है। तमाशे में झगड़ा खड़ा करके कंपनी को बदनाम...नहीं हुजूर, इन लोगों को छोड़ दीजिए, हीराबाई के आदमी हैं। बेचारी की जान ख़तरे में हैं। हुजूर से कहा था न!'

हीराबाई का नाम सुनते ही दारोगा ने तीनों को छोड़ दिया। लेकिन तीनों की दुआली छीन ली गई। मैनेजर ने तीनों को एक रुपयेवाले दरजे में कुरसी पर बिठाया—'आप लोग यहीं बैठिए। पान भिजवा देता हूँ।' कपड़ाघर शांत हुआ और हीराबाई स्टेज पर लौट आई।

नगाड़ा फिर घनघना उठा।

थोड़ी देर बाद तीनों को एक ही साथ धुन्नीराम का खयाल हुआ—अरे, धुन्नीराम कहाँ गया?

'मालिक, ओ मालिक!' लहसनवाँ कपड़ाघर से बाहर चिल्ला कर पुकार रहा है, 'ओ लालमोहर मा-लि-क...!'

लालमोहर ने तार स्वर में जवाब दिया—'इधर से, उधर से! एकटकिया फाटक से।' सभी दर्शकों ने लालमोहर की ओर मुड़ कर देखा। लहसनवाँ को नेपाली सिपाही लालमोहर के पास ले आया। लालमोहर ने जेब से पास निकाल कर दिखा दिया। लहसनवाँ ने आते ही पूछा, 'मालिक, कौन आदमी क्या बोल रहा था? बोलिए तो जरा। चेहरा दिखला दीजिए, उसकी एक झलक!'

लोगों ने लहसनवाँ की चौड़ी और सपाट छाती देखी। जाड़े के मौसम में भी खाली देह!...चेले-चाटी के साथ हैं ये लोग!

लालमोहर ने लहसनवाँ को शांत किया।

तीनों-चारों से मत पूछे कोई, नौटंकी में क्या देखा। किस्सा कैसे याद रहे! हिरामन को लगता था, हीराबाई शुरू से ही उसी की ओर टकटकी लगा कर देख रही है, गा रही है, नाच रही है। लालमोहर को लगता था, हीराबाई उसी

की ओर देखती है। वह समझ गई है, हिरामन से भी ज्यादा पावर वाला आदमी है लालमोहर! पलटदास किस्सा समझता है।...किस्सा और क्या होगा, रमैन की ही बात। वही राम, वही सीता, वही लखनलला और वही रावन! सिया सुकुमारी को राम जी से छीनने के लिए रावन तरह-तरह का रूप धर कर आता है। राम और सीता भी रूप बदल लेते हैं। यहाँ भी तख्त-हजारा बनानेवाला माली का बेटा राम है। गुलबदन सिया सुकुमारी है। माली के लड़के का दोस्त लखनलला है और सुलतान है रावन। धुन्नीराम को बुखार है तेज़! लहसनवाँ को सबसे अच्छा जोकर का पार्ट लगा है...चिरैया तोहके लेके ना जइवै नरहट के बजरिया! वह उस जोकर से दोस्ती लगाना चाहता है। नहीं लगावेगा दोस्ती, जोकर साहब?

हिरामन को एक गीत की आधी कड़ी हाथ लगी है—'मारे गए गुलफाम!' कौन था यह गुलफाम? हीराबाई रोती हुई गा रही थी—'अजी हाँ, मारे गए गुलफाम!' टिड़िड़िड़ि... बेचारा गुलफाम!

तीनों को दुआली वापस देते हुए पुलिस के सिपाही ने कहा, 'लाठी-दुआली ले कर नाच देखने आते हो?'

दूसरे दिन मेले-भर में यह बात फैल गई—मथुरामोहन कंपनी से भाग कर आई है हीराबाई, इसलिए इस बार मथुरामोहन कंपनी नहीं आई है।...उसके गुंडे आए हैं। हीराबाई भी कम नहीं। बड़ी खेलाड़ औरत है। तेरह-तेरह देहाती लठैत पाल रही है।...वाह मेरी जान भी कहे तो कोई! मजाल है!

दस दिन... दिन-रात...!

दिन-भर भाड़ा ढोता हिरामन। शाम होते ही नौटंकी का नगाड़ा बजने लगता। नगाड़े की आवाज़ सुनते ही हीराबाई की पुकार कानों के पास मँडराने लगती— भैया...मीता...हिरामन...उस्ताद गुरुजी! हमेशा कोई-न-कोई बाजा उसके मन के कोने में बजता रहता, दिन-भर। कभी हारमोनियम, कभी नगाड़ा, कभी ढोलक और कभी हीराबाई की पैंजनी। उन्हीं साज़ों की गत पर हिरामन उठता-बैठता, चलता-फिरता। नौटंकी कंपनी के मैनेजर से ले कर परदा खींचनेवाले तक उसको पहचानते हैं।...हीराबाई का आदमी है।

पलटदास हर रात नौटंकी शुरू होने के समय श्रद्धापूर्वक स्टेज को नमस्कार करता, हाथ जोड़ कर। लालमोहर, एक दिन अपनी कचराही बोली सुनाने गया था हीराबाई को। हीराबाई ने पहचाना ही नहीं। तब से उसका दिल छोटा हो गया है। उसका नौकर लहसनवाँ उसके हाथ से निकल गया है, नौटंकी कंपनी

में भर्ती हो गया है। जोकर से उसकी दोस्ती हो गई है। दिन-भर पानी भरता है, कपड़े धोता है। कहता है, गाँव में क्या है जो जाएँगे! लालमोहर उदास रहता है। धुन्नीराम घर चला गया है, बीमार हो कर।

हिरामन आज सुबह से तीन बार लदनी लाद कर स्टेशन आ चुका है। आज न जाने क्यों उसको अपनी भौजाई की याद आ रही है।...धुन्नीराम ने कुछ कह तो नहीं दिया है, बुखार की झोंक में! यहीं कितना अटर-पटर बक रहा था—गुलबदन, तख्त-हजारा! लहसनवाँ मौज में है। दिन-भर हीराबाई को देखता होगा। कल कह रहा था, हिरामन मालिक, तुम्हारे अकबाल से खूब मौज में हूँ। हीराबाई की साड़ी धोने के बाद कठौते का पानी अत्तरगुलाब हो जाता है। उसमें अपनी गमछी डुबा कर छोड़ देता हूँ। लो, सूँघोगे? हर रात, किसी-न-किसी के मुँह से सुनता है वह—हीराबाई रंडी है। कितने लोगों से लड़े वह! बिना देखे ही लोग कैसे कोई बात बोलते हैं! राजा को भी लोग पीठ-पीछे गाली देते हैं! आज वह हीराबाई से मिल कर कहेगा, नौटंकी कंपनी में रहने से बहुत बदनाम करते हैं लोग। सरकस कंपनी में क्यों नहीं काम करतीं? सबके सामने नाचती है, हिरामन का कलेजा दप-दप जलता रहता है उस समय। सरकस कंपनी में बाघ को नचायेगी।...बाघ के पास जाने की हिम्मत कौन करेगा! सुरक्षित रहेगी हीराबाई! किधर की गाड़ी आ रही है?

'हिरामन, ए हिरामन भाय!' लालमोहर की बोली सुन कर हिरामन ने गरदन मोड़ कर देखा।...क्या लाद कर लाया है लालमोहर?

'तुमको ढूँढ़ रही है हीराबाई, इशटीशन पर। जा रही है।' एक ही साँस में सुना गया। लालमोहर की गाड़ी पर ही आई है मेले से।

'जा रही है? कहाँ? लालमोहर, रेलगाड़ी से जा रही है?'

हिरामन ने गाड़ी खोल दी। मालगुदाम के चौकीदार से कहा, 'भैया, ज़रा गाड़ी-बैल देखते रहिए। आ रहे हैं।'

'उस्ताद!' जनाना मुसाफिरखाने के फाटक के पास हीराबाई ओढ़नी से मुँह-हाथ ढक कर खड़ी थी। थैली बढ़ाती हुई बोली, 'लो! हे भगवान! भेंट हो गई, चलो, मैं तो उम्मीद खो चुकी थी। तुमसे अब भेंट नहीं हो सकेगी। मैं जा रही हूँ गुरूजी!'

बक्सा ढोनेवाला आदमी आज कोट-पतलून पहन कर बाबूसाहब बन गया है। मालिकों की तरह कुलियों को हुकम दे रहा है—'जनाना दर्जा में चढ़ाना। अच्छा?'

हिरामन हाथ में थैली ले कर चुपचाप खड़ा रहा। कुरते के अंदर से थैली निकाल कर दी है हीराबाई ने। चिड़िया की देह की तरह गर्म है थैली।

'गाड़ी आ रही है।' बक्सा ढोनेवाले ने मुँह बनाते हुए हीराबाई की ओर देखा। उसके चेहरे का भाव स्पष्ट है—इतना ज़्यादा क्या है?

हीराबाई चंचल हो गई। बोली, 'हिरामन, इधर आओ, अंदर। मैं फिर लौट कर जा रही हूँ मथुरामोहन कंपनी में। अपने देश की कंपनी है।...बनैली मेला आओगे न?'

हीराबाई ने हिरामन के कंधे पर हाथ रखा,...इस बार दाहिने कंधे पर। फिर अपनी थैली से रुपया निकालते हुए बोली, 'एक गरम चादर खरीद लेना...।'

हिरामन की बोली फूटी, इतनी देर के बाद—'इस्स! हरदम रुपैया-पैसा! रखिए रुपैया! क्या करेंगे चादर?'

हीराबाई का हाथ रुक गया। उसने हिरामन के चेहरे को ग़ौर से देखा। फिर बोली, 'तुम्हारा जी बहुत छोटा हो गया है। क्यों मीता? महुआ घटवारिन को सौदागर ने खरीद जो लिया है गुरुजी!'

गला भर आया हीराबाई का। बक्सा ढोनेवाले ने बाहर से आवाज़ दी—'गाड़ी आ गई।' हिरामन कमरे से बाहर निकल आया। बक्सा ढोनेवाले ने नौटंकी के जोकर जैसा मुँह बना कर कहा, 'लाटफारम से बाहर भागो। बिना टिकट के पकड़ेगा तो तीन महीने की हवा...।'

हिरामन चुपचाप फाटक से बाहर जा कर खड़ा हो गया।...टीशन की बात, रेलवे का राज! नहीं तो इस बक्सा ढोनेवाले का मुँह सीधा कर देता हिरामन।

हीराबाई ठीक सामनेवाली कोठरी में चढ़ी। इस्स! इतना टान! गाड़ी में बैठ कर भी हिरामन की ओर देख रही है, टुकुर-टुकुर। लालमोहर को देख कर जी जल उठता है, हमेशा पीछे-पीछे, हरदम हिस्सादारी सूझती है।

गाड़ी ने सीटी दी। हिरामन को लगा, उसके अंदर से कोई आवाज़ निकल कर सीटी के साथ ऊपर की ओर चली गई—कू-ऊ-ऊ! इ-स्स!

छि-ई-ई-छक्क! गाड़ी हिली। हिरामन ने अपने दाहिने पैर के अँगूठे को बाएँ पैर की एड़ी से कुचल दिया। कलेजे की धड़कन ठीक हो गई। हीराबाई हाथ की बैंगनी साफ़ी से चेहरा पोंछती है। साफ़ी हिला कर इशारा करती है...अब जाओ। आखिरी डिब्बा गुज़रा, प्लेटफार्म खाली सब खाली...खोखले...मालगाड़ी के डिब्बे! दुनिया ही ख़ाली हो गई मानो! हिरामन अपनी गाड़ी के पास लौट आया।

हिरामन ने लालमोहर से पूछा, 'तुम कब तक लौट रहे हो गाँव?'

लालमोहर बोला, 'अभी गाँव जा कर क्या करेंगे? यहाँ तो भाड़ा कमाने का मौका है! हीराबाई चली गई, मेला अब टूटेगा।'

'अच्छी बात। कोई समाद देना है घर?'

लालमोहर ने हिरामन को समझाने की कोशिश की। लेकिन हिरामन ने अपनी गाड़ी गाँव की ओर जानेवाली सड़क की ओर मोड़ दी। अब मेले में क्या धरा है! खोखला मेला!

रेलवे लाइन की बगल से बैलगाड़ी की कच्ची सड़क गई है दूर तक। हिरामन कभी रेल पर नहीं चढ़ा है। उसके मन में फिर पुरानी लालसा झाँकी, रेलगाड़ी पर सवार हो कर, गीत गाते हुए जगरनाथ-धाम जाने की लालसा। उलट कर अपने ख़ाली टप्पर की ओर देखने की हिम्मत नहीं होती है। पीठ में आज भी गुदगुदी लगती है। आज भी रह-रह कर चंपा का फूल खिल उठता है, उसकी गाड़ी में। एक गीत की टूटी कड़ी पर नगाड़े का ताल कट जाता है, बार-बार!

उसने उलट कर देखा, बोरे भी नहीं, बाँस भी नहीं, बाघ भी नहीं—परी... देवी...मीता...हीरादेवी...महुआ घटवारिन—कोई नहीं। मरे हुए मुहूर्तों की गूँगी आवाज़ें मुखर होना चाहती है। हिरामन के होंठ हिल रहे हैं। शायद वह तीसरी कसम खा रहा है—कंपनी की औरत की लदनी...।

हिरामन ने हठात् अपने दोनों बैलों को झिड़की दी, दुआली से मारते हुए बोला, 'रेलवे लाइन की ओर उलट-उलट कर क्या देखते हो?' दोनों बैलों ने कदम खोल कर चाल पकड़ी। हिरामन गुनगुनाने लगा—'अजी हाँ, मारे गए गुलफाम...!'

लाल पान की बेगम

क्यों बिरजू की माँ, नाच देखने नहीं जाएगी क्या?

बिरजू की माँ शकरकंद उबालकर बैठी मन-ही-मन कुढ़ रही थी अपने आँगन में। सात साल का लड़का बिरजू शकरकंद के बदले तमाचे खाकर आँगन में लोट-लोटकर सारी देह में मिट्टी मल रहा था। चम्पिया के सिर भी चुड़ैल मँडरा रही है... आधे-आँगन धूप रहते जो गई है सहुआइन की दूकान छोवा-गुड़ लाने, सो अभी तक नहीं लौटी; दीया-बाती की बेला हो गई। आए आज लौट के ज़रा! बागड़ बकरे की देह में कुकुरमाछी लगी थी, इसलिए बेचारा बागड़ रह-रहकर कूद-फाँद कर रहा था। बिरजू की माँ बागड़ पर मन का गुस्सा उतराने का बहाना ढूँढ़कर निकाल चुकी थी।... पिछवाड़े की मिर्च की फूली गाछ! बागड़ के सिवा और किसने कलेवा किया होगा! बागड़ को मारने के लिए वह मिट्टी का छोटा ढेला उठा चुकी थी, कि पड़ोसिन मखनी फूआ की पुकार सुनाई पड़ी—"क्यों बिरजू की माँ, नाच देखने नहीं जाएगी क्या?"

"बिरजू की माँ के आगे नाथ और पीछे पगहिया न हो तब न; फुआ!"

गरम गुस्से में बुझी नुकीली बात फुआ की देह में धँस गई और बिरजू की माँ ने हाथ के ढेले को पास ही फेंक दिया—"बेचारे बागड़ को कुकुरमाछी परेशान कर रही है! आ... हा, आय... हाय! हर्र-र-र-र! आय-आय!"

बिरजू ने लेटे-ही-लेटे बागड़ को एक डण्डा लगा दिया। बिरजू की माँ की इच्छा हुई कि जाकर उसी डण्डे से बिरजू का भूत भगा दे, किन्तु नीम के पास खड़ी पनभरियों की खिलखिलाहट सुनकर रुक गई। बोली, "ठहर, तेरे बप्पा ने बड़ा हथछुट्टा बना दिया है तुझे! बड़ा हाथ चलता है लोगों पर। ठहर!"

मखनी फुआ नीम के पास झुकी कमर से घड़ा उतारकर पानी भरकर लौटती पनभरनियों में बिरजू की माँ की बहकी हुई बात का इंसाफ़ करा रही थी—"ज़रा

देखो तो इस बिरजू की माँ को! चार मन पाट (जूट) का पैसा क्या हुआ है, धरती पर पाँव ही नहीं पड़ते! निसाफ़ करो! खुद अपने मुँह से आठ दिन पहले से ही गाँव की अली-गली में बोलती फिरी है, 'हाँ, इस बार बिरजू के बप्पा ने कहा है, बैलगाड़ी पर बिठाकर बलरामपुर का नाच दिखा लाऊँगा। बैल अब अपने घर है, तो हजार गाड़ी मँगनी मिल जाएँगी।' सो मैंने अभी टोक दिया नाच देखने वाली सब तो औन-पौन कर तैयार हो रही हैं, रसोई-पानी कर रहे हैं। मेरे मुँह में आग लगे, क्यों मैं टोकने गई! सुनती हो, क्या जवाब दिया बिरजू की माँ ने?''

मखनी फुआ ने अपने पोपले मुँह के होंठों को 'एक ओर मोड़कर ऐंठती हुई बोली निकाली—''अर्-र-र-हाँ-हाँ! बि-र-र-ज्जू की मै... या के आगे नाथ औ-र पीछे पगहिया न हो, तब्ब ना-आ-जा!''

जंगी की पुतोहू बिरजू की माँ से नहीं डरती। वह ज़रा गला खोलकर ही कहती है, ''फुआ-आ! सरबे सित्तलमिण्टी (सर्वे सेट्लमेण्ट) के हाकिम के बासा पर फूलछाप किनारीवाली साड़ी पहन के यदि तू भी भेंटी की भेंट चढ़ाती तो तुम्हारे नाम से भी दू-तीन बीघा धनहर ज़मीन का पर्चा कट जाता! फिर तुम्हारे घर भी आज दस मन सोनाबंग पाट होता, जोड़ा बैल खरीदती! फिर आगे नाथ और पीछे सैकड़ों पगहिया झूलतीं!''

जंगी की पुतोहू मुँहज़ोर है। रेलवे स्टेशन के पास की लड़की है। तीन ही महीने हुए गौने की नई बहू होकर आई है और सारे कुर्मा टोली की सभी झगड़ालू सासों से एकाध मोरचा ले चुकी है। उसका ससुर जंगी दागी चोर है, सी-किलासी है। उसका खसम रंगी कुर्मा टोली का नामी लठैत। इसीलिए हमेशा सींग खुजाती फिरती है जंगी की पुतोहू!

बिरजू की माँ के आँगन में जंगी की पुतोहू की गला-खोल बोली गुलेल की गोलियों की तरह दनदनाती हुई आई। बिरजू की माँ ने एक तीखा जवाब खोजकर निकाला, लेकिन मन मसोसकर रह गई।... गोबर की ढेरी में कौन ढेला फेंके!

जीभ के झाल को गले में उतारकर बिरजू की माँ ने अपनी बेटी चम्पिया को आवाज़ दी—''अरी चम्पिया—या-या, आज लौटे तो तेरी मूड़ी मरोड़कर चूल्हे में झोंकती हूँ! दिन-दिन बेचाल होती जाती है!... गाँव में तो अब ठेठर-बैसकोप का गीत गानेवाली पतुरिया-पुतोहू सब आने लगी हैं। कहीं बैठके 'बाजे न मुरलिया' सीख रही होगी ह-र-जा-ई-ई! अरी चम्पि-या-या-या!''

जंगी की पुतोहू ने बिरजू की माँ की बोली का स्वाद लेकर कमर पर घड़े को सँभाला और मटककर बोली, ''चल दिदिया, चल! इस मुहल्ले में लाल पान की बेगम बसती है! नहीं जानती, दोपहर-दिन और चौपहर-रात बिजली की बत्ती भक्-भक् कर जलती है!''

भक्-भक् बिजली-बत्ती की बात सुनकर न जाने क्यों सभी खिलखिलाकर हँस पड़ीं। फुआ की टूटी हुई दन्त-पंक्तियों के बीच से एक मीठी गाली निकली—''शैतान की नानी!''

बिरजू की माँ की आँखों पर मानो किसी ने तेज़ टार्च की रोशनी डालकर चौंधिया दिया।... भक्-भक् बिजली-बत्ती! तीन साल पहले सर्वे कैम्प के बाद गाँव की जलन-डाही औरतों ने एक कहानी गढ़ के फैलायी थी, चम्पिया की माँ के आँगन में रात-भर बिजली-बत्ती भुकभुकाती थी! चम्पिया की माँ के आँगन में, नाकवाले जूते की छाप घोड़े की टाप की तरह!... जलो, जलो! और जलो! चम्पिया की माँ के आँगन में चाँदी-जैसे पाट सूखते देखकर जलने वाली सब औरतें खलिहान पर सोनोली धान के बोझों को देखकर बैंगन का भुर्ता हो जाएँगी।

मिट्टी के बरतन से टपकते हुए छोवा-गुड़ को उँगलियों से चाटती हुई चम्पिया आई और माँ के तमाचे खाकर चीख पड़ी—''मुझे क्यों मारती है! ए-ए-ए! सहुआइन जल्दी से सौदा नहीं देती है—एँ-एँ-एँ-एँ!''

''सहुआइन जल्दी सौदा नहीं देती की नानी! एक सहुआइन की ही दूकान पर मोती झरते हैं, जो जड़ गाड़कर बैठी हुई थी! बोल, गले पर लात देकर कल्ला तोड़ दूँगी हरजाई, जो फिर कभी 'बाजे न मुरलिया' गाते सुना! चाल सीखने जाती है टीशन की छोकरियों से!''

बिरजू की माँ ने चुप होकर अपनी आवाज़ अन्दाज़ी कि उसकी बात जंगी के झोंपड़े तक साफ़-साफ़ पहुँच गई होगी।

बिरजू बीती हुई बातों को भूलकर उठ खड़ा हुआ था और धूल झाड़ते हुए बरतन से टपकते गुड़ को ललचाई निगाह से देखने लगा था।... दीदी के साथ वह भी दूकान जाता तो दीदी उसे भी गुड़ चटाती, ज़रूर! वह शकरकंद के लोभ में रहा और माँगने पर माँ ने शकरकंद के बदले...

''ऐ मैया, एक अँगुली गुड़ दे दे!'' बिरजू ने तलहथी फैलाई—''दे ना मैया, एक रत्ती-भर!''

''एक रत्ती क्यों उठाके बरतन को फेंक आती हूँ पिछवाड़े में; जाके चाटना! नहीं बनेगी मीठी रोटी!... मीठी रोटी खाने का मुँह होता है!'' बिरजू की माँ ने

उबले शकरकंद का सूप रोती हुई चम्पिया के सामने रखते हुए कहा, "बैठके छिलके उतार, नहीं तो अभी...!"

दस साल की चम्पिया जानती है, शकरकंद छीलते समय कम-से-कम बारह बार माँ उसे बाल पकड़कर झकझोरेगी, छोटी-छोटी खोट निकालकर गालियाँ देगी—'पाँव फैलाके क्यों बैठी है उस तरह, बेलज्जी!' चम्पिया माँ के गुस्से को जानती है।

बिरजू ने इस मौके पर थोड़ी-सी खुशामद करके देखा—"मैया, मैं भी बैठकर शकरकंद छीलूँ?"

"नहीं!" माँ ने छिड़की दी, "एक शकरकंद छीलेगा और तीन पेट में! जाके सिद्धू की बहू से कहो, एक घण्टे के लिए कड़ाही माँगकर ले गई तो फिर लौटाने का नाम नहीं। जा जल्दी!"

मुँह लटकाकर आँगन से निकलते-निकलते बिरजू ने शकरकंद और गुड़ पर निगाह दौड़ाई। चम्पिया ने अपने झबरे केश की ओट से माँ की ओर देखा और नज़र बचाकर चुपके से बिरजू की ओर एक शकरकंद फेंक दिया।... बिरजू भागा।

"सूरज भगवान डूब गए। दीया-बत्ती की बेला हो गई। अभी तक गाड़ी..."

चम्पिया बीच में ही बोल उठी—"कोयरी टोले में किसी ने गाड़ी नहीं दी मैया! बप्पा बोले, माँ से कहना सब ठीक-ठाक करके तैयार रहे। मलदहिया टोली के मियाँजान की गाड़ी लाने जा रहा हूँ।"

सुनते ही बिरजू की माँ का चेहरा उतर गया। लगा, छाते की कमानी उतर गई घोड़े से अचानक। कोयरी टोले में किसी ने गाड़ी मँगनी नहीं दी! तब मिल चुकी गाड़ी। जब अपने गाँव के लोगों की आँख में पानी नहीं तो मलदहिया टोली के मियाँजान की गाड़ी का क्या भरोसा! न तीन में, न तेरह में! क्या होगा शकरकंद छीलकर! रख दे उठा के!... यह मर्द नाच दिखाएगा! बैलगाड़ी पर चढ़कर नाच दिखाने ले जाएगा। चढ़ चुकी बैलगाड़ी पर, देख चुकी जी-भर नाच... पैदल जानेवाली सब पहुँचकर पुरानी हो चुकी होंगी।

बिरजू छोटी कड़ाही सिर पर औंधा कर वापस आया—"देख दिदिया मलेटरी टोपी! इस पर दस लाठी मारने से भी कुछ नहीं होता।"

चम्पिया चुपचाप बैठी रही, कुछ बोली नहीं, ज़रा-सी मुस्कुराई भी नहीं। बिरजू ने समझ लिया, मैया का गुस्सा अभी उतरा नहीं है पूरे तौर से।

मढ़ैया के अन्दर से बागड़ को बाहर भगाती हुई बिरजू की माँ बड़बड़ायी—"कल

ही पँचकौड़ी कसाई के हवाले करती हूँ राकस तुझे! हर चीज में मुँह लगाएगा। चम्पिया, बाँध दे बगड़ा को। खोल दे गले की घण्टी! हमेशा टुनुर-टुनुर! मुझे जरा नहीं सुहाता है!''

'टुनुर-टुनुर' सुनते ही बिरजू को सड़क से जाती हुई बैलगाड़ियों की याद हो आई—''अभी बबुआन टोले की गाड़ियाँ नाच देखने जा रही थीं... झुनुर-झुनुर बैलों की झुनकी, तुमने सु....''

''बैसी बक-बक मत करो!'' बागड़ के गले से झुकनी खोलती बोली चम्पिया।

''चम्पिया, डाल दे चूल्हे में पानी! बप्पा आवे तो कहना कि अपने उड़न जहाज पर चढ़कर नाच देख आएँ! मुझे नाच देखने का सौख नहीं!... मुझे जगइयो मत कोई! मेरा माथा दुख रहा है।''

मढ़ैया के ओसारे पर बिरजू ने फिसफिसा के पूछा, ''क्यों दिदिया, नाच में उड़न जहाज भी उड़ेगा?''

चटाई पर कथरी ओढ़कर बैठती हुई चम्पिया ने बिरजू को चुपचाप अपने पास बैठने का इशारा किया, मुफ़्त में मार खाएगा बेचारा!...

बिरजू ने बहन की कथरी में हिस्सा बाँटते हुए चुक्की-मुक्की लगाई। जाड़े के समय इस तरह घुटने पर ठुड्डी रखकर चुक्की-मुक्की लगाना सीख चुका है वह। उसने चम्पिया के कान के पास मुँह ले जाकर कहा, ''हम लोग नाच देखने नहीं जाएँगे?... गाँव में एक पंछी भी नहीं है। सब चले गए।''

चम्पिया को अब तिल-भर भी भरोसा नहीं। संझा तारा डूब रहा है। बप्पा अभी तक गाड़ी लेकर नहीं लौटे।... एक महीना पहले से ही मैया कहती थी, बलरामपुर के नाच के दिन मीठी रोटी बनेगी; चम्पिया छींट की साड़ी पहनेगी; बिरजू पैण्ट पहनेगा बैलगाड़ी पर चढ़कर...

चम्पिया की भीगी पलकों पर एक बूँद आँसू आ गया।

बिरजू का भी दिल भर आया। उसने मन-ही-मन इमली पर रहने वाले जिन बाबा को एक बैंगन कबूला, गाछ का सबसे पहला बैंगन, उसने खुद जिस पौधे को रोपा है!... जल्दी से गाड़ी लेकर बप्पा को भेज दो, जिन बाबा!

मढ़ैया के अन्दर बिरजू की माँ चटाई पर पड़ी करवटें ले रही थी। उँह, पहले से किसी बात का मनसूबा नहीं बाँधना चाहिए किसी को! भगवान ने मनसूबा तोड़ दिया। उसको सबसे पहले भगवान से पूछना है, यह किस चूक का फल दे रहे हो भोला बाबा! अपने जानते उसने किसी देवता-पित्तर की मान-मनौती बाकी नहीं रखी। सर्वे के समय ज़मीन के लिए जितनी मनौतियाँ की थीं... ठीक

ही तो! महाबीरजी का रोट तो बाकी ही है। हाय रे देव!... भूल-चूक माफ़ करो महाबीर बाबा! मनौती दूनी करके चढ़ाएगी बिरजू की माँ!...

बिरजू की माँ के मन में रह-रहकर जंगी और पुतोहू की बातें चुभती हैं भक्-भक् बिजली-बत्ती!... चोरी-चमारी करने वाले की बेटी-पुतोहू जलेगी नहीं! पाँच बीघा ज़मीन क्या हासिल की है बिरजू के बप्पा ने, गाँव की भाई खौकियों की आँखों में किरकिरी पड़ गई है। खेत में पाट लगा देखकर गाँव के लोगों की छाती फटने लगी; धरती फोड़कर पाट लगा है; वैशाखी बादलों की तरह उमड़ते आ रहे हैं पाट के पौधे! तो अलान, तो फलान! इतनी आँखों की धार भला फसल सहे! जहाँ पन्द्रह मन पाट होना चाहिए, सिर्फ दस मन पाट काँटा पर तौल के ओजन हुआ रब्बी भगत के यहाँ।...

इसमें जलने की क्या बात है भला!... बिरजू के बप्पा ने तो पहले ही कुर्मा टोली के एक-एक आदमी को समझा के कहा था, 'ज़िन्दगी-भर मज़दूरी करते रह जाआगे। सर्वे का समय आ रहा है, लाठी कड़ी करो तो दो-चार बीघे ज़मीन हासिल कर सकते हो।' सो गाँव की किसी पुतखौकी का भतार सर्वे के समय बाबू साहेब के ख़िलाफ़ खाँसा भी नहीं।... बिरजू के बप्पा को कम सहना पड़ा है! बाबू साहेब गुस्से से सरकस नाच के बाघ की तरह हुमड़ते रह गए। उनका बड़ा बेटा घर में आग लगाने की धमकी देकर गया।... आख़िर बाबू साहेब ने अपने सबसे छोटे लड़के को भेजा। बिरजू की माँ को 'मौसी' कहके पुकारा—'यह ज़मीन बाबूजी ने मेरे नाम से खरीदी थी। मेरी पढ़ाई-लिखाई इसी ज़मीन की उपज से चलती है।'...और भी कितनी बातें। खूब मोहना जानता है उत्ता ज़रा-सा लड़का। ज़मींदार का बेटा है कि...

चम्पिया, बिरजू सो गया क्या? यहाँ आ जा बिरजू, अन्दर। तू भी आ जा, चम्पिया!... भला आदमी आए तो एक बार आज!

बिरजू के साथ चम्पिया अन्दर चली गई।

"ढिबरी बुझा दे।... बप्पा बुलाएँ तो जवाब मत देना। खपच्ची गिरा दे।"

भला आदमी रे, भला आदमी! मुँह देखो ज़रा इस मर्द का!... बिरजू की माँ दिन-रात मंझा न देती रहती तो ले चुके थे ज़मीन! रोज़ आकर माथा पकड़ के बैठ जाएँ, 'मुझे ज़मीन नहीं लेनी है बिरजू की माँ, मजूरी ही अच्छी!... जवाब देती थी बिरजू की माँ खूब सोच-समझ के, 'छोड़ दो, जब तुम्हारा कलेजा ही थिर नहीं होता है तो क्या होगा! जोरू-ज़मीन जोर के, नहीं तो किसी और के!...

बिरजू के बाप पर बहुत तेज़ी से गुस्सा चढ़ता है। चढ़ता ही जाता है।...

बिरजू की माँ का भाग ही खराब है, जो ऐसा गोबरगनेश घरवाला उसे मिला। कौन-सा सौख-मौज दिया है उसके मर्द ने! कोल्हू के बैल की तरह खटकर सारी उम्र काट दी इसके यहाँ, कभी एक पैसे की जलेबी भी लाकर दी है उसके खसम ने!... पाट का दाम भगत के यहाँ से लेकर बाहर-ही-बाहर बैल-हट्टा चले गए। बिरजू की माँ को एक बार नमरी लोट देखने भी नहीं दिया आँख से!... बैल ख़रीद लाए। उसी दिन से गाँव में ढिंढोरा पीटने लगे, बिरजू की माँ इस बार बैलगाड़ी पर चढ़कर जाएगी नाच देखने!... दूसरे की गाड़ी के भरोसे दिखलाएगा!...

अन्त में उसे अपने-आप पर क्रोध हो आया। वह खुद भी कुछ कम नहीं! उसकी जीभ में आग लगे! बैलगाड़ी पर चढ़कर नाच देखने की लालसा किस कुसमय में उसके मुँह से निकली थी, भगवान जानें! फिर आज सुबह से दोपहर तक, किसी-न-किसी बहाने उसने अठारह बार बैलगाड़ी पर नाच देखने की चर्चा छेड़ी है।... लो, खूब देखो नाच! वाह रे नाच! कथरी के नीचे दुशाले का सपना!... कल भोरे पानी भरने के लिए जब जाएगी, पतली जीभवाली पतुरिया सब हँसती आएँगी, हँसती जाएँगी।...सभी जलते हैं उससे, हाँ भगवान दाढ़ीजार भी!... दो बच्चों की माँ होकर भी वह जस-की-तस है। उसका घरवाला उसकी बात में रहता है। वह बालों में गरी का तेल डालती है। उसकी अपनी ज़मीन है। है किसी के पास एक घर ज़मीन भी अपनी इस गाँव में! जलेंगे नहीं, तीन बीघे में धान लगा हुआ है, अगहनी लोगों की बिखदीठ से बचे, तब तो!

बाहर बैलों की घण्टियाँ सुनाई पड़ीं। तीनों सतर्क हो गए। उत्कर्ण होकर सुनते रहे।

‘‘अपने ही बैलों की घण्टी है, क्यों री चम्पिया?’’

चम्पिया और बिरजू ने प्रायः एक ही साथ कहा, ‘‘हूँ-ऊँ-ऊँ!’’

‘‘चुप!’’ बिरजू की माँ ने फिसफिसाकर कहा, ‘‘शायद गाड़ी भी है, धड़धड़ाती है न?’’

‘‘हूँ-ऊँ-ऊँ!’’ दोनों ने फिर हुँकारी भरी।

‘‘चुप! गाड़ी नहीं है। तू चुपके से टट्टी में छेद करके देख तो आ चम्पी! भाग के आ, चुपके-चुपके।’’

चम्पिया बिल्ली की तरह हौले-हौले पाँव से टट्टी के छेद से झाँक आई—‘‘हाँ मैया, गाड़ी भी है!’’

बिरजू हड़बड़ाकर उठ बैठा। उसकी माँ ने उसके हाथ पकड़कर सुला दिया—‘‘बोले मत!’’

चम्पिया भी गुदड़ी के नीचे घुस गई।

बाहर बैलगाड़ी खोलने की आवाज़ हुई। बिरजू के बाप ने बैलों को ज़ोर से डाँटा—''हाँ-हाँ! आ गए घर! घर आने के लिए छाती फटी जाती थी!''

बिरजू की माँ ताड़ गई, ज़रूर मलदहिया टोली में गाँजे की चिलम चढ़ रही थी, आवाज़ तो बड़ी खनखनाती हुई निकल रही है।

''चम्पिया-ह!'' बाहर से ही पुकारकर कहा उसके बाप ने, ''बैलों को घास दे दे, चम्पिया-ह!''

अन्दर से कोई जवाब नहीं आया। चम्पिया के बाप ने आँगन में आकर देखा तो न रोशनी, न चिराग़, न चूल्हे में आग।... बात क्या है! नाच देखने, उतावली होकर, पैदल ही चली गई क्या...!

बिरजू के गले में खसखसाहट हुई और उसने रोकने की पूरी कोशिश भी की, लेकिन खाँसी जब शुरू हुई तो पूरे पाँच मिनट तक वह खाँसता रहा।

''बिरजू! बेटा बिरजमोहन!'' बिरजू के बाप ने पुचकारकर बुलाया, ''मैया गुस्से के मारे सो गई क्या?... अरे अभी तो लोग जा ही रहे हैं।''

बिरजू की माँ के मन में आया कि कसकर जवाब दे, नहीं देखना नाच! लौटा दो गाड़ी!

''चम्पिया-ह! उठती क्यों नहीं? ले, धान की पँचसीस रख दे।'' धान की बालियों का छोटा झौआ झोंपड़े के ओसारे पर रखकर उसने कहा, ''दीया बालो!''

बिरजू की माँ उठकर ओसारे पर आई—''डेढ़ पहर रात को गाड़ी लाने की क्या जरूरत थी? नाच तो अब ख़त्म हो रहा होगा।''

ढिबरी की रोशनी में धान की बालियों का रंग देखते ही बिरजू की माँ के मन का सब मैल दूर हो गया।... धानी रंग उसकी आँखों से उतरकर रोम-रोम में घुल गया।

''नाच अभी शुरू भी नहीं हुआ होगा। अभी-अभी बलरामपुर के बाबू की कम्पनी गाड़ी मोहनपुर होटिल-बँगला से हाकिम साहब को लाने गई है। इस साल आख़िरी नाच है।... पँचसीस टट्टी में खोंस दे, अपने खेत का है।''

''अपने खेत का?'' हुलसती हुई बिरजू की माँ ने पूछा, ''पक गए धान?''

''नहीं, दस दिन में अगहन चढ़ते-चढ़ते लाल होकर झुक जाएँगी सारे खेत की बालियाँ।... मलदहिया टोली पर जा रहा था, अपने खेत में धान देखकर आँखें जुड़ा गईं। सच कहता हूँ, पँचसीस तोड़ते समय उँगलियाँ काँप रही थीं मेरी!''

बिरजू ने धान की एक बाली से एक धान लेकर मुँह में डाल लिया और

उसकी माँ ने एक हल्की डाँट दी—''कैसा लुक्कड़ है तू रे!... इन दुशमनों के मारे कोई नेम-धरम जो बचे!''

''क्या हुआ, डाँटती क्यों है?''

''नवान्न के पहले ही नया धान जुठा दिया, देखते नहीं?''

''अरे, इन लोगों का सब कुछ माफ है। चिरई-चुरमुन हैं ये लोग!'' ''इन दोनों के मुँह में नवान्न के पहले नया अन्न न पड़े।''

इसके बाद चम्पिया ने भी धान की बाली से दो धान लेकर दाँतों तले दबाया—''ओ मैया! इतना मीठा चावल!''

''और गमकता भी है न दिदिया?'' बिरजू ने फिर मुँह में धान लिया।

''रोटी-पोटी तैयार कर चुकी क्या'' बिरजू के बाप ने मुस्कुराकर पूछा।

''नहीं!'' मान-भरे सुर में बोली बिरजू की माँ, ''जाने का ठीक-ठिकाना नहीं... और रोटी बनती है!''

''वाह! खूब हो तुम लोग!... जिसके पास बैल हैं, उसे गाड़ी मँगनी नहीं मिलेगी भला? गाड़ीवालों को भी बैल की कभी ज़रूरत होगी।... पूछूँगा तब कोयरी टोला वालों से!... ले : जल्दी से रोटी बना ले।''

''देर नहीं होगी!''

''अरे, टोकरी-भर रोटी तो तू पलक मारते बना लेती है; पाँच रोटियाँ बनने में कितनी देर लगेगी!''

अब बिरजू की माँ के होंठों पर मुस्कुराहट खुलकर खिलने लगी। उसने नज़र बचाकर देखा, बिरजू का बप्पा उसकी ओर एकटक निहार रहा है।... चम्पिया और बिरजू न होते तो मन की बात हँसकर खोलते देर न लगती। चम्पिया और बिरजू ने एक-दूसरे को देखा और खुशी से उनके चेहरे जगमगा उठे—''मैया बेकार गुस्सा हो रही थी न!''

''चम्पी! जरा घैलसार में खड़ी होकर मखनी फुआ को आवाज़ दे तो!''

''ऐ फू-आ-आ! सुनती हो फूआ-आ! मैया बुला रही है!''

फुआ ने कोई जवाब नहीं दिया, किन्तु उसकी बड़बड़ाहट स्पष्ट सुनाई पड़ी—''हाँ! अब फुआ को क्यों गुहारती है? सारे टोले में बस एक फुआ ही तो बिना नाथ-पगहिया वाली है।''

''अरी फुआ!'' बिरजू की माँ ने हँसकर जवाब दिया, ''उस समय बुरा मान गई थीं क्या? नाथ-पगहिया वाले को आकर देखो, दो पहर रात में गाड़ी लेकर आया है! आ जाओ फुआ, मैं मीठी रोटी पकाना नहीं जानती।''

फुआ काँखती-खाँसती आई—''इसी से घड़ी-पहर दिन रहते ही पूछ रही थी कि नाच देखने जाएगी क्या? कहती, तो मैं पहले से ही अपनी अँगीठी यहाँ सुलगा जाती।''

बिरजू की माँ ने फुआ को अँगीठी दिखला दी और कहा, ''घर में अनाज-दाना वगैरह तो कुछ है नहीं। एक बागड़ है और कुछ बरतन-बासन। सो रात-भर के लिए यहाँ तम्बाकू रख जाती हूँ। अपना हुक्का ले आई हो न फुआ?''

फुआ को तम्बाकू मिल जाए, तो रात-भर क्या, पाँच रात बैठकर जाग सकती है। फुआ ने अँधेरे में टटोलकर तम्बाकू का अन्दाज़ किया।... ओ-हो! हाथ खोलकर तम्बाकू रखा है बिरजू की माँ ने! और एक वह है सहुआइन! राम कहो! उस रात को अफीम की गोली की तरह एक मटर-भर तम्बाकू रखकर चली गई गुलाब-बाग मेले और कह गई कि डिब्बी-भर तम्बाकू है।

बिरजू की माँ चूल्हा सुलगाने लगी। चम्पिया ने शकरकंद को मसलकर गोले बनाए और बिरजू सिर पर कड़ाही औंधाकर अपने बाप को दिखलाने लगा—''मलेटरी टोपी! इस पर दस लाठी मारने से भी कुछ नहीं होगा!''

सभी ठठाकर हँस पड़े। बिरजू की माँ हँसकर बोली, ''ताखे पर तीन-चार मोटे शकरकंद हैं, दे दे बिरजू को चम्पिया, बेचारा शाम से ही...''

''बेचारा मत कहो मैया, खूब सचारा है!'' अब चम्पिया चहकने लगी, ''तुम क्या जानो, कथरी के नीचे मुँह क्यों चल रहा था बाबू साहब का!''

''ही-ही-ही!''

बिरजू के टूटे दूध के दाँतों की फाँक से बोली निकली, ''बिलैक मारटिन में पाँच शकरकंद खा लिया! हा-हा-हा!''

सभी फिर ठठाकर हँस पड़े। बिरजू की माँ ने फुआ का मन रखने के लिए पूछा, ''एक कनवाँ गुड़ है। आधा दूँ फुआ?'',

फुआ ने गद्गद होकर कहा, ''अरी शकरकंद तो खुद मीठा होता है, उतना क्यों डालेगी?''

जब तक दोनों बैल दाना-घास खाकर एक-दूसरे की देह को जीभ से चाटें, बिरजू की माँ तैयार हो गई। चम्पिया ने छींट की साड़ी पहनी और बिरजू बटन के अभाव में पैण्ट पर पटसन की डोरी बँधवाने लगा।

बिरजू की माँ ने आँगन से निकल गाँव की ओर कान लगाकर सुनने की चेष्टा की—उँहुँ, इतनी देर तक भला पैदल जानेवाले रुके रहेंगे?''

पूर्णिमा का चाँद सिर पर आया गया है।... बिरजू की माँ ने असली रूपा

का मँगटीक्का पहना है आज, पहली बार। बिरजू के बप्पा को हो क्या गया है, गाड़ी जोतता क्यों नहीं, मुँह की ओर एकटक देख रहा है, मानो नाच की लाल पान की...

गाड़ी पर बैठते ही बिरजू की माँ की देह में एक अजीब गुदगुदी होने लगी। उसने बाँस की बल्ली को पकड़कर कहा, ''गाड़ी पर अभी बहुत जगह है। ज़रा दाहिनी सड़क से गाड़ी हाँकना।''

बैल जब दौड़ने लगे और पहिया जब चूँ-चूँ करके घरघराने लगा तो बिरजू से नहीं रहा गया—''उड़न जहाज की तरह उड़ाओ बप्पा!''

गाड़ी जंगी के पिछवाड़े पहुँची। बिरजू की माँ ने कहा, ''ज़रा जंगी से पूछो न, उसकी पुतोहू नाच देखने चली गई क्या?''

गाड़ी के रुकते ही जंगी के झोंपड़े से आती हुई रोने की आवाज़ स्पष्ट हो गई। बिरजू के बप्पा ने पूछा, ''अरे जंगी भाई, काहे कन्ना-रोहट हो रहा है, आँगन में?''

जंगी घूर ताप रहा था, बोला, ''क्या पूछते हो, रंगी बलरामपुर से लौटा नहीं, पुतोहिया नाच देखने कैसे जाए! आसरा देखते-देखते उधर गाँव की सभी औरतें चली गईं।''

''अरी टीशनवाली, तो रोती है काहे!'' बिरजू की माँ ने पुकारकर कहा, ''आ जा झट से कपड़ा पहनकर। सारी गाड़ी पड़ी हुई है!... आ जा जल्दी!''

बगल के झोंपड़े से राधे की बेटी सुनरी ने कहा, ''काकी, गाड़ी में जगह है? मैं भी जाऊँगी।''

बाँस की झाड़ी के उस पार लरेना खवास का घर है। उसकी बहू भी नहीं गई है। गिलट का झुनकी-कड़ा पहनकर झमकती आ रही है।

''आ जा! जो बाकी रह गई हैं, सब आ जाएँ जल्दी!''

जंगी की पुतोहू, लरेना की बीवी और राधे की बेटी सुनरी, तीनों गाड़ी के पास आईं। बैल ने पिछला पैर फेंका। बिरजू के बाप ने एक भद्दी गाली दी— ''साला! लताड़ मारकर लँगड़ी बनाएगा पुतोहू को!''

सभी ठठाकर हँस पड़े। बिरजू के बाप ने घूँघट में झुकी दोनों पुतोहुओं को देखा। उसे अपने खेत की झुकी हुई बालियों की याद आ गई।

जंगी की पुतोहू का गौना तीन ही मास पहले हुआ। गौने की रंगीन साड़ी से कड़वे तेल और लठवा-सिन्दूर की गन्ध आ रही है। बिरजू की माँ को अपने गौने की याद आई। उसने कपड़े की गठरी से तीन मीठी रोटियाँ निकालकर कहा,

''खा ले एक-एक करके। सिमराहा के सरकारी कूप में पानी पी लेना।''

गाड़ी गाँव से बाहर होकर धान के खेतों के बगल से जाने लगी। चाँदनी, कार्तिक की!... खेतों से धान के झरते फूलों की गन्ध आती है। बाँस की झाड़ी में कहीं दुद्धी की लता फूली है। जंगी की पुतोहू ने एक बीड़ी सुलगाकर बिरजू की माँ की ओर बढ़ाई। बिरजू की माँ को अचानक याद आई चम्पिया, सुनरी, लरेना की बीवी और जंगी की पुतोहू, ये चारों ही तो गाँव में बैसकोप का गीत गाना जानती हैं।... खूब!

गाड़ी की लीक धनखेतों के बीच होकर गई। चारों ओर गौने की साड़ी की खसखसाहट-जैसी आवाज़ होती है।... बिरजू की माँ के माथे के मँगटीक्के पर चाँदनी छिटकती है।

''अच्छा, अब एक बैसकोप का गीत गा तो चम्पिया...! डरती है काहे? जहाँ भूल जाओगी, बगल में मासटरनी बैठी ही है!''

दोनों पुतोहुओं ने तो नहीं, किन्तु चम्पिया और सुनरी ने खँखारकर गला साफ़ किया।

बिरजू के बाप ने बैलों को ललकारा—''चल भैया! और ज़रा ज़ोर से!... गा रे चम्पिया, नहीं तो मैं बैलों को धीरे-धीरे चलने को कहूँगा।''

जंगी की पुतोहू ने चम्पिया के कान के पास घूँघट ले जाकर कुछ कहा और चम्पिया ने धीमे-से शुरू किया—''चन्दा की चाँदनी...''

बिरजू को गोद में लेकर बैठी उसकी माँ की इच्छा हुई कि वह भी साथ-साथ गीत गाए। बिरजू की माँ ने जंगी की पुतोहू की ओर देखा, धीरे-धीरे गुनगुना रही है वह भी। कितनी प्यारी पुतोहू है! गौने की साड़ी से एक ख़ास किस्म की गन्ध निकलती है। ठीक ही तो कहा है उसने! बिरजू की माँ बेगम है, लाल पान की बेगम! यह तो कोई बुरी बात नहीं। हाँ, वह सचमुच लाल पान की बेगम है!

बिरजू की माँ ने अपनी नाक पर दोनों आँखों को केन्द्रित करने की चेष्टा करके अपने रूप की झाँकी ली, लाल साड़ी की झिलमिल किनारी, मँगटिक्का पर चाँद।... बिरजू की माँ के मन में अब और कोई लालसा नहीं। उसे नींद आ रही है।

संवदिया

हरगोबिन को अचरज हुआ—तो, आज भी किसी को संवदिया की ज़रूरत पड़ सकती है! इस जमाने में, जबकि गाँव-गाँव में डाकघर खुल गए हैं, संवदिया के मार्फत संवाद क्यों भेजेगा कोई? आज तो आदमी घर बैठे ही लंका तक ख़बर भेज सकता है और वहाँ का कुशल-संवाद मँगा सकता है। फिर उसकी बुलाहट क्यों हुई?

हरगोबिन बड़ी हवेली की टूटी ड्योढ़ी पार कर अन्दर गया। सदा की भाँति उसने वातावरण को सूँघकर संवाद का अन्दाज़ लगाया।... निश्चय कोई गुप्त समाचार ले जाना है। चाँद-सूरज को भी नहीं मालूम हो। परेवा-पंछी तक न जाने।

"पाँव लागी बड़ी बहुरिया!"

बड़ी हवेली की बड़ी बहुरिया ने हरगोबिन को पीढ़ी दी और आँख के इशारे से कुछ देर चुपचाप बैठने को कहा। बड़ी हवेली अब नाममात्र को ही बड़ी हवेली है। जहाँ दिन-रात नौकर-नौकरानियों और जन-मजदूरों की भीड़ लगी रहती थी, वहाँ आज हवेली की बड़ी बहुरिया अपने हाथ से सूप में अनाज लेकर झटक रही है। इन हाथों में सिर्फ मेहँदी लगाकर ही गाँव की नाइन परिवार पालती थी। कहाँ गए वे दिन? हरगोबिन ने लम्बी साँस ली।

बड़े भैया के मरने के बाद ही जैसे सब खेल खत्म हो गया। तीनों भाइयों ने आपस में लड़ाई-झगड़ा शुरू किया। रैयतों ने ज़मीन पर दावे करके दख़ल किया। फिर, तीनों भाई गाँव छोड़कर शहर में जा बसे, रह गई अकेली बड़ी बहुरिया—कहाँ जाती बेचारी! भगवान भले आदमी को ही कष्ट देते हैं। नहीं तो एक घण्टे की बीमारी में बड़े भैया क्यों मरते?...बड़ी बहुरिया की देह से ज़ेवर खींच-छीनकर बँटवारे की लीला हुई थी, हरगोबिन ने देखी है अपनी आँखों से द्रौपदी-चीर-हरण लीला! बनारसी साड़ी को तीन टुकड़े करके बँटवारा किया था, निर्दय भाइयों ने। बेचारी बड़ी बहुरिया!

गाँव की मोदिआइन बूढ़ी न जाने कब से आँगन में बैठकर बड़बड़ा रही थी—''उधार का सौदा खाने में बड़ा मीठा लगता है और दाम देते समय मोदिआइन की बात कड़वी लगती है। मैं आज दाम लेकर ही उठूँगी।''

बड़ी बहुरिया ने कोई जवाब नहीं दिया।

हरगोबिन ने फिर लम्बी साँस ली। जब तक यह मोदिआइन आँगन से नहीं टलती, बड़ी बहुरिया हरगोबिन से कुछ नहीं बोलेगी। वह अब चुप नहीं रह सका, ''मोदिआइन काकी, बाकी-बकाया वसूलने का यह काबुली-कायदा तो तुमने खूब सीखा है।''

'काबुली-कायदा' सुनते ही मोदिआइन तमककर खड़ी हो गई, ''चुप रह मुँहझौसे! निमोंछिए...!''

''क्या करूँ काकी, भगवानू ने मूँछ-दाढ़ी दी नहीं, न काबुली आग़ा साहब की तरह गुलज़ार दाढ़ी...!''

''फिर काबुल का नाम लिया तो जीभ पकड़कर खींच लूँगी।''

हरगोबिन ने जीभ बाहर निकालकर दिखलाई। अर्थात्—खींच ले।

...पाँच साल पहले गुल मुहम्मद आग़ा उधार कपड़ा लगाने के लिए गाँव में आता था और मोदिआइन के ओसारे पर दूकान लगाकर बैठता था। आग़ा कपड़ा देते समय बहुत मीठा बोलता और वसूली के समय ज़ोर-जुल्म से एक का दो वसूलता। एक बार कई उधार लेने वालों ने मिलकर काबुली की ऐसी मरम्मत कर दी कि फिर लौटकर गाँव में नहीं आया। लेकिन इसके बाद ही दुखनी मोदिआइन लाल मोदिआइन हो गई।... काबुली क्या, काबुली बादाम के नाम से भी चिढ़ने लगी मोदिआइन! गाँव के नाचवालों ने नाच में काबुली का स्वाँग किया था : ''तुम अमारा मुलुक जाएंगा मोदिआइन? अम काबुली बादाम-पिस्ता-अकरोट किलाएंगा...!''

मोदिआइन बड़बड़ाती, गाली देती हुई चली गई तो बड़ी बहुरिया ने हरगोबिन से कहा, ''हरगोबिन भाई, तुमको एक संवाद ले जाना है। आज ही बोलो, जाओगे न?''

''कहाँ?''

''मेरी माँ के पास!''

हरगोबिन बड़ी बहुरिया की छलछलाई आँखों में डूब गया, ''कहिए, क्या संवाद है?'' संवाद सुनाते समय बड़ी बहुरिया सिसकियां लेने लगी। हरगोबिन की आँखें भी भर आईं।... बड़ी हवेली की लक्ष्मी को पहली बार इस तरह सिसकते देखा है हरगोबिन ने। वह बोला, ''बड़ी बहुरिया, दिल को कड़ा कीजिए।''

''और कितना कड़ा करूँ दिल?... माँ से कहना मैं भाई-भाभियों की नौकरी करके पेट पालूँगी। बच्चों के जूठन खाकर एक कोने में पड़ी रहूँगी, लेकिन यहाँ अब नहीं... अब नहीं रह सकूँगी।... कहना, यदि माँ मुझे यहाँ से नहीं ले जाएगी तो मैं किसी दिन गले में घड़ा बाँधकर पोखरे में डूब मरूँगी।... बथुआ-साग खाकर कब तक जीऊँ? किसलिए... किसके लिए?''

हरगोबिन का रोम-रोम कलपने लगा। देवर-देवरानियाँ भी कितने बेदर्द हैं। ठीक अगहनी धान के समय बाल-बच्चों को लेकर शहर से आएँगे। दस-पन्द्रह दिनों में कर्ज-उधार की ढेरी लगाकर, वापस जाते समय दो-दो मन के हिसाब से चावल-चूड़ा ले जाएँगे। फिर आम के मौसम में आकर हाज़िर। कच्चा-पक्का आम तोड़कर बोरियों में बन्द करके चले जाएँगे। फिर उलटकर कभी नहीं देखते... राक्षस हैं सब!

बड़ी बहुरिया आँचल के खूँट से पाँच रुपये का एक गन्दा नोट निकालकर बोली, ''पूरा राह-खर्च भी नहीं जुटा सकी। आने का खर्चा माँ से माँग लेना। उम्मीद है, भैया तुम्हारे साथ ही आवेंगे।''

हरगोबिन बोला, ''बड़ी बहुरिया, राह-ख़र्च देने की ज़रूरत नहीं। मैं इन्तज़ाम कर लूँगा।''

''तुम कहाँ से इन्तज़ाम करोगे?''

''मैं आज दस बजे की गाड़ी से ही जा रहा हूँ।''

बड़ी बहुरिया हाथ में नोट लेकर चुपचाप, भाव शून्य दृष्टि से हरगोबिन को देखती रही। हरगोबिन हवेली से बाहर आ गया। उसने सुना, बड़ी बहुरिया कह रही थी, ''मैं तुम्हारी राह देख रही हूँ।''

संवदिया! अर्थात् संवादवाहक!

हरगोबिन संवदिया!... संवाद पहुँचाने का काम सभी नहीं कर सकते। आदमी भगवान के घर से ही संवदिया बनकर आता है। संवाद के प्रत्येक शब्द को याद रखना, जिस सुर और स्वर में संवाद सुनाया गया है, ठीक उसी ढंग से जाकर सुनाना, सहज काम नहीं। गाँव के लोगों की ग़लत धारणा है कि निठल्ला, कामचोर और पेटू आदमी ही संवदिया का काम करता है। न आगे नाथ, न पीछे पगहा। बिना मज़दूरी लिए ही जो गाँव-गाँव संवाद पहुँचावे, उसको और क्या कहेंगे!... औरतों का गुलाम। ज़रा-सी मीठी बोली सुनकर ही नशे में आ जाए, ऐसे मर्द को भी भला मर्द कहेंगे? किन्तु, गाँव में कौन ऐसा है, जिसके घर की माँ-बहू-बेटी

का संवाद हरगोबिन ने नहीं पहुँचाया है।... लेकिन ऐसा संवाद पहली बार ले जा रहा है वह।

गाड़ी पर सवार होते ही हरगोबिन को पुराने दिनों और संवादों की याद आने लगी। एक करुण-गीत की भूली हुई कड़ी फिर उसके कानों के पास गूँजने लगी :

''पैयाँ पड़ूँ दाढ़ी धरूँ....

हमरो संवाद लेले जाहु रे संवदिया-या-या!...

बड़ी बहुरिया के संवाद का प्रत्येक शब्द उसके मन में काँटे की तरह चुभ रहा है—किसके भरोसे यहाँ रहूँगी? एक नौकर था, वह भी कल भाग गया। गाय खूँटे से बँधी भूखी-प्यासी हिकर रही है। मैं किसके लिए इतना दुःख झेलूँ?

हरगोबिन ने अपने पास बैठे हुए एक यात्री से पूछा, ''क्यों भाई साहेब, थाना बिंहपुर में डाकगाड़ी रुकती है या नहीं?''

यात्री ने मानो कुढ़कर कहा, ''थाना बिंहपुर में सभी गाड़ियाँ रुकती हैं।''

हरगोबिन ने भाँप लिया, यह आदमी चिड़चिड़े स्वभाव का है, इससे कोई बातचीत नहीं जमेगी। वह फिर बड़ी बहुरिया के संवाद को मन-ही-मन दुहराने लगा।...लेकिन, संवाद सुनाते समय वह अपने कलेजे को कैसे सँभाल सकेगा। बड़ी बहुरिया संवाद कहते समय जहाँ-जहाँ रोयी है, वहाँ वह भी रोयेगा!

कटिहार जंक्शन पहुँचकर उसने देखा, पन्द्रह-बीस साल में बहुत कुछ बदल गया। अब स्टेशन पर उतरकर किसी से कुछ पूछने की ज़रूरत नहीं। गाड़ी पहुँची और तुरन्त भोंपे से आवाज़ अपने-आप निकलने लगी—थाना बिंहपुर, खगड़िया और बरौनी जानेवाले यात्री तीन नम्बर प्लेटफार्म पर चले जाएँ। गाड़ी लगी हुई है।

हरगोबिन प्रसन्न हुआ—कटिहार पहुँचने के बाद ही मालूम होता है कि सचमुच सुराज हुआ है। इसके पहले कटिहार पहुँचकर किस गाड़ी में चढ़ें और किधर जाएँ, इस पूछताछ में ही कितनी बार उसकी गाड़ी छूट गई है।

गाड़ी बदलने के बाद फिर बड़ी बहुरिया का करुण मुखड़ा उसकी आँखों के सामने उभर गया—''हरगोबिन भाई, माँ से कहना, भगवान ने आँखें फेर लीं, लेकिन मेरी माँ तो है... किसलिए... किसलिए... मैं बथुआ-साग खाकर कब तक जीऊँ?''

थाना बिंहपुर स्टेशन पर जब गाड़ी पहुँची तो हरगोबिन का जी भारी हो गया। इसके पहले भी कई भले-बुरे संवाद लेकर वह इस गाँव में आया है, कभी

ऐसा नहीं हुआ। उसके पैर गाँव की ओर बढ़ ही नहीं रहे थे। इसी पगडण्डी से बड़ी बहुरिया अपने मैके लौट आवेगी। गाँव छोड़कर चली जावेगी। फिर कभी नहीं जावेगी।

हरगोबिन का मन कलपने लगा—तब गाँव में क्या रह जाएगा? गाँव की लक्ष्मी ही गाँव छोड़कर चली आवेगी!... किस मुँह से वह ऐसा संवाद सुनाएगा? कैसे कहेगा कि बड़ी बहुरिया बथुआ-साग खाकर गुज़र कर रही है।... सुननेवाले हरगोबिन के गाँव का नाम लेकर थूकेंगे—कैसा गाँव है, जहाँ लक्ष्मी-जैसी बहुरिया दुःख भोग रही है!

अनिच्छापूर्वक हरगोबिन ने गाँव में प्रवेश किया।

हरगोबिन को देखते ही गाँव के लोगों ने पहचान लिया—जलालगढ़ गाँव का संवदिया आया है!... न जाने क्या संवाद लेकर आया है!

"राम-राम भाई! कहो, कुशल समाचार ठीक है न?"

"राम-राम भैयाजी! भगवान की दया से सब आनन्दी है।"

"उधर पानी-बूँदी पड़ा है?"

बड़ी बहुरिया के बड़े भाई ने पहले हरगोबिन को नहीं पहचाना। हरगोबिन ने अपना परिचय दिया, तो उन्होंने सबसे पहले अपनी बहिन का समाचार पूछा, "दीदी कैसी हैं?"

"भगवान की दया से सब राजी-खुशी हैं।"

मुँह-हाथ धोने के बाद हरगोबिन की बुलाहट आँगन में हुई। अब हरगोबिन काँपने लगा। उसका कलेजा धड़कने लगा... ऐसा तो कभी नहीं हुआ?... बड़ी बहुरिया की छलछलाई हुई आँखें! सिसकियों से भरा हुआ संवाद! उसने बड़ी बहुरिया की बूढ़ी माता को पाँवलागी की।

बूढ़ी माता ने पूछा, "कहो बेटा, क्या समाचार है?"

"मायजी, आपके आशीर्वाद से सब ठीक है।"

"कोई संवाद?"

"एँ?... संवाद?...जी, संवाद तो कोई नहीं। मैं कल सिरसिया गाँव आया था, तो सोचा कि एक बार चलकर आप लोगों का दर्शन कर लूँ।"

बूढ़ी माता हरगोबिन की बात सुनकर कुछ उदास-सी हो गई, "तो तुम कोई संवाद लेकर नहीं आए हो?"

"जी नहीं, कोई संवाद नहीं।... ऐसे बड़ी बहुरिया ने कहा है कि यदि छुट्टी हुई तो दशहरा के समय गंगाजी के मेले में आकर माँ से भेंट-मुलाकात कर जाऊँगी"

बूढ़ी माता चुप रही। हरगोबिन बोला, ''छुट्टी कैसे मिले! सारी गृहस्थी बड़ी बहुरिया के ऊपर ही है।''

बूढ़ी माता बोली, ''मैं तो बबुआ से कह रही थी कि जाकर दीदी को लिवा लाओ, यहीं रहेगी। वहाँ अब क्या रह गया है? ज़मीन-जायदाद तो सब चली ही गई। तीनों देवर अब शहर में जाकर बस गए हैं। कोई ख़ोज-ख़बर भी नहीं लेते। मेरी बेटी अकेली...!

''नहीं मायजी! ज़मीन-जायदाद अभी भी कुछ कम नहीं। जो है, वही बहुत है। टूट भी गई है, तो आख़िर बड़ी हवेली ही है 'सवांग' नहीं है, यह बात ठीक है। मगर, बड़ी बहुरिया का तो सारा गाँव ही परिवार है। हमारे गाँव की लछमी हैं बड़ी बहुरिया।... गाँव की लछमी गाँव को छोड़कर बाहर कैसे जाएगी? यों, देवर लोग हर बार आकर ले जाने की ज़िद करते हैं।''

बूढ़ी माता ने अपने हाथ हरगोबिन को जलपान लाकर दिया, ''पहले थोड़ा जलपान कर लो, बबुआ।''

जलपान करते समय हरगोबिन को लगा, बड़ी बहुरिया दालान पर बैठी उसकी राह देख रही है—भूखी-प्यासी...! रात में भोजन करते समय भी बड़ी बहुरिया मानो सामने आकर बैठ गई... कर्ज़-उधार अब कोई देते नहीं।... एक पेट तो कुत्ता भी पालता है। लेकिन मैं ?... माँ से कहना...!!

हरगोबिन ने थाली की ओर देखा—दाल-भात, तीन किस्म की भाजी भी, पापड़, अचार।... बड़ी बहुरिया बथुआ साग, उबालकर खा रही होगी।

बूढ़ी माता ने कहा, ''क्यों बबुआ, खाते क्यों नहीं?''

''मायजी, पेट-भर जलपान जो कर लिया है।''

''अरे, जवान आदमी तो पाँच बार जलपान करके भी एक थाल भात खाता है।''

हरगोबिन ने कुछ नहीं खाया। खाया नहीं गया।

संवदिया डटकर खाता है और 'अफर' कर सोता है, किन्तु हरगोबिन को नींद नहीं आ रही है।... यह उसने क्या किया? क्या कर दिया? वह किसलिए आया था? वह झूठ क्यों बोला?... नहीं, नहीं, सुबह उठते ही वह बूढ़ी माता को बड़ी बहुरिया का सही संवाद सुना देगा—अक्षर-अक्षर : 'मायजी, आपकी इकलौती बेटी बहुत कष्ट में है। आज ही किसी को भेजकर बुलवा लीजिए। नहीं तो वह सचमुच कुछ कर बैठेगी। आख़िर, किसके लिए वह इतना सहेगी!... बड़ी बहुरिया ने कहा है, भाभी के बच्चों के जूठन खाकर वह एक कोने में पड़ी रहेगी...!'

रात-भर हरगोबिन को नींद नहीं आई।

आँखों के सामने बड़ी बहुरिया बैठी रही...सिसकती, आँसू पोंछती हुई। सुबह उठकर उसने दिल को कड़ा किया। वह संवदिया है। उसका काम है सही-सही संवाद पहुँचाना। वह बड़ी बहुरिया का संवाद सुनाने के लिए बूढ़ी माता के पास जा बैठा। बूढ़ी माता ने पूछा, ''क्या है, बबुआ? कुछ कहोगे?''

''मायजी, मुझे इसी गाड़ी से वापस जाना होगा, कई दिन हो गए।''

''अरे, इतनी जल्दी क्या है! एकाध दिन रहकर मेहमानी कर लो।''

''नहीं, मायजी। इस बार आज्ञा दीजिए। दशहरा में मैं भी बड़ी बहुरिया के साथ आऊँगा। तब डटकर पन्द्रह दिनों तक मेहमानी करूँगा।''

बूढ़ी माता बोली, ''ऐसी जल्दी थी तो आए ही क्यों? सोचा था, बिटिया के लिए दही-चूड़ा भेजूँगी। सो दही तो नहीं हो सकेगा आज। थोड़ा चूड़ा है बासमती धान का, लेते जाओ।''

चूड़ा की पोटली बगल में लेकर हरगोबिन आँगन से निकला तो बड़ी बहुरिया के बड़े भाई ने पूछा, ''क्यों भाई, राह-ख़र्च है तो?''

हरगोबिन बोला, ''भैयाजी, आपकी दुआ से किसी बात की कमी नहीं।''

स्टेशन पहुँचकर हरगोबिन ने हिसाब किया। उसके पास जितने पैसे हैं, उससे कटिहार तक टिकट ही वह खरीद सकेगा। और यदि चौअन्नी नकली साबित हुई तो सैमापुर तक ही।... बिना टिकट के वह एक स्टेशन भी नहीं जा सकेगा। डर के मारे उसकी देह का आधा खून सूख जाएगा।

गाड़ी में बैठते ही उसकी हालत अजीब हो गई। वह कहाँ आया था? क्या करके जा रहा है? बड़ी बहुरिया को क्या जवाब देगा?

यदि गाड़ी में निरगुन गानेवाला सूरदास नहीं आता, तो न जाने उसकी क्या हालत होती! सूरदास के गीतों को सुनकर उसका जी स्थिर हुआ, थोड़ा—

...कि आहो रामा!

नैहरा को सुख सपन भयो अब,

देश पिया को डोलिया चली... ई... ई...ई,

भाई रोओ मति, यही करम की गति...!!

सूरदास चला गया तो उसके मन में बैठी हुई बड़ी बहुरिया फिर रोने लगी—किसके लिए इतना दुःख सहूँ?

पाँच बजे भोर में वह कटिहार स्टेशन पहुँचा।

भोंपे से आवाज़ आ रही थी—बैरगाछी, कुसियार और जलालगढ़ जानेवाले यात्री एक नम्बर प्लेटफार्म पर चले जाएँ।

हरगोबिन को जलालगढ़ जाना है, किन्तु वह एक नम्बर प्लेटफार्म पर कैसे जाएगा? उसके पास तो कटिहार तक का ही टिकट है।... जलालगढ़! बीस कोस!... बड़ी बहुरिया राह देख रही होगी।... बीस कोस की मंज़िल भी कोई दूर की मंज़िल है? वह पैदल ही जाएगा।

हरगोबिन महावीर-विक्रम-बजरंगी का नाम लेकर पैदल ही चल पड़ा। दस कोस तक वह मानो 'बाई' के झोंके पर रहा। कसबा शहर पहुँचकर उसने पेट-भर पानी पी लिया। पोटली में नाक लगाकर उसने सूँघा-अहा! बासमती धान का चूड़ा है। माँ की सौगात—बेटी के लिए। नहीं, वह इससे एक मुट्ठी भी नहीं खा सकेगा... किन्तु, वह क्या जवाब देगा बड़ी बहुरिया को।

उसके पैर लड़खड़ाए।... उँहूँ, अभी वह कुछ नहीं सोचेगा। अभी सिर्फ चलना है। जल्दी पहुँचना है, गाँव।... बड़ी बहुरिया की डबडबायी हुई आँखें उसको गाँव की ओर खींच रही थीं—मैं बैठी राह ताकती रहूँगी!...

पन्द्रह कोस!... माँ से कहना, अब नहीं रह सकूँगी। सोलह...सत्रह... अठारह जलालगढ़ स्टेशन का सिगनल दिखलाई पड़ता है... गाँव का ताड़ सिर ऊँचा करके उसकी चाल को देख रहा है। उसी ताड़ के नीचे बड़ी हवेली के दालान पर चुपचाप टकटकी लगाकर राह देख रही है बड़ी बहुरिया—भूखी-प्यासी : 'हमरो संवाद ले ले जाहु रे संवदिया...या...या...या!!'

लेकिन, यह कहाँ चला आया हरगोबिन? यह कौन गाँव है? पहली साँझ में ही अमावस्या का अन्धकार। किस राह से वह किधर जा रहा है?... नदी है? कहाँ से आ गई नदी? नदी नहीं, खेत है।...ये झोंपड़े हैं या हाथियों का झुण्ड? ताड़ का पेड़ किधर गया? वह राह भूलकर न जाने कहाँ भटक गया... इस गाँव में आदमी नहीं रहते क्या?...कहीं कोई रोशनी नहीं, किससे पूछे?... वहाँ, वह रोशनी है या आँखें? वह खड़ा है या चल रहा है? वह गाड़ी में है या धरती पर...?

"हरगोबिन भाई, आ गए?" बड़ी बहुरिया की बोली, या कटिहार-स्टेशन का भोंपा बोल रहा है?

"हरगोबिन भाई, क्या हुआ तुमको...?"

"बड़ी बहुरिया?"

हरगोबिन ने हाथ से टटोलकर देखा, वह बिछावन पर लेटा हुआ है। सामने बैठी छाया को छूकर बोला, "बड़ी बहुरिया?"

"हरगोबिन भाई, अब जी कैसा है?... लो, एक घूँट दूध और पी लो।...मुँह खोलो... हाँ...पी जाओ। पीओ!"

हरगोबिन होश में आया।... बड़ी बहुरिया दूध पिला रही है?

उसने धीरे-से हाथ बढ़ाकर बड़ी बहुरिया का पैर पकड़ लिया, ''बड़ी बहुरिया।...मुझे माफ़ करो। मैं तुम्हारा संवाद नहीं कह सका।... तुम गाँव छोड़कर मत जाओ। तुमको कोई कष्ट नहीं होने दूँगा। मैं तुम्हारा बेटा! बड़ी बहुरिया, तुम मेरी माँ, सारे गाँव की माँ हो! मैं अब निठल्ला बैठा नहीं रहूँगा। तुम्हारा सब काम करूँगा।...बोलो, बड़ी माँ... तुम गाँव छोड़कर चली तो नहीं जाओगी? बोलो...!!''

बड़ी बहुरिया गर्म दूध में एक मुट्ठी बासमती चूड़ा डालकर मसकने लगी।... संवाद भेजने के बाद से ही वह अपनी गलती पर पछता रही थी।

●

एक आदिम रात्रि की महक

...**न**...करमा को नींद नहीं आएगी।

नए पक्के मकान में उसे कभी नींद नहीं आती। चूना और वार्निश की गन्ध के मारे उसकी कनपटी के पास हमेशा चौअन्नी-भर दर्द चिनचिनाता रहता है। पुरानी लाइन के पुराने 'इस्टिसन' सब हजार पुराने हों, वहाँ नींद तो आती है।... ले, नाक के अन्दर फिर सुड़सुड़ी जगी ससुरी...!

करमा छींकने लगा। नए मकान में उसकी छींक गूँज उठी।

"करमा, नींद नहीं आती?" बाबू ने कैम्प-खाट पर करवट लेते हुए पूछा।

गमछे से नथुने को साफ़ करते हुए करमा ने कहा, "यहाँ नींद कभी नहीं आएगी, मैं जानता था, बाबू!"

"मुझे भी नींद नहीं आएगी," बाबू ने सिगरेट सुलगाते हुए कहा, "नई जगह में पहली रात मुझे नींद नहीं आती।"

करमा पूछना चाहता था कि नए पोख़्ता मकान में बाबू को भी चूने की गन्ध लगती है? कनपटी के पास दर्द रहता है हमेशा क्या?... बाबू कोई गीत गुनगुनाने लगे। एक कुत्ता गश्त लगाता हुआ सिगनल-केबिन की ओर से आया और बरामदे के पास आकर रुक गया। करमा चुपचाप कुत्ते की नीयत को ताड़ने लगा। कुत्ते ने बाबू की खटिया की ओर थुथना ऊँचा करके हवा में सूँघा। आगे बढ़ा। करमा समझ गया—जरूर जूताख़ोर कुत्ता है, साला!... नहीं, सिर्फ सूँघ रहा है। कुत्ता अब करमा की ओर मुड़ा। हवा सूँघने लगा। फिर मुसाफिरख़ाने की ओर दुलकी-चाल से चला गया...।

बाबू ने पूछा, "तुम्हारा नाम करमा है या करमचन्द या करमू?"...सात दिन तक साथ रहने के बाद, आज आधी रात के पहर में बाबू ने दिल खोलकर एक सवाल के जैसा सवाल किया है।

"बाबू, नाम तो मेरा करमा ही है। वैसे लोगों के हज़ार मुँह हैं, हज़ार नाम

कहते हैं।... निताय बाबू कोरमा कहते थे, घोस बाबू करीमा कहकर बुलाते थे, सिंघ जी ने सब दिन कामा ही कहा और असगर बाबू तो हमेशा करम-करम कहते थे। खुश रहने पर दिल्लगी करते थे—हाय मेरे करम!... नाम में क्या है, बाबू? जो मन में आए, कहिए। हज़ार नाम...।

"तुम्हारा घर सन्थाल परगना में है, या राँची-हज़ारीबाग की ओर?"

करमा इस सवाल पर अचकचाया जरा। ऐसे सवालों के जवाब देते समय वह रमता-जोगी की मुद्रा बना लेता है। 'घर? जहाँ धड़, वहाँ घर। माँ-बाप-भगवानजी!'... लेकिन, बाबू को ऐसा जवाब तो नहीं दे सकता!

...बाबू भी खूब हैं। नाम का अरथ निकालकर अनुमान लगा लिया—घर सन्थाल परगना या राँची-हजारीबाग की ओर होगा, किसी गाँव में? करमा-पर्व के दिन जन्म हुआ होगा, इसलिए नाम करमा पड़ा। माथा, कपाल, होंठ और देह की गठन देखकर भी...।

...बाबू तो बहुत गुनी मालूम होते हैं। अपने बारे में करमा को कुछ मालूम नहीं। और बाबू नाम और कपाल देखकर सब कुछ बता रहे हैं। इतने दिन के बाद एक बाबू मिले हैं, गोपाल बाबू जैसे!

करमा ने कहा, "बाबू, गोपाल बाबू भी यही कहते थे! यह करमा नाम तो गोपाल बाबू का ही दिया हुआ है!"

करमा ने गोपाल बाबू का किस्सा शुरू किया—"...गोपाल बाबू कहते थे, आसाम से लौटती हुई कुली-गाड़ी में एक 'डोको' के अन्दर तू पड़ा था, बिना 'बिलटी-रसीद' के ही—लावारिस माल।"

...चलो, बाबू को नींद आ गई। नाक बोलने लगी। गोपाल बाबू का किस्सा अधूरा ही रह गया।

...कुतवा फिर गश्त लगाता हुआ आया। यह कार्तिक का महीना है न! ससुरा पस्त होकर आया है। हाँफ रहा है।... ले, तू भी यहीं सोएगा? उँह! साले की देह की गन्ध यहाँ तक आती है—धेत्त! धेत्त!

बाबू ने जगकर पूछा, "हूँ-ऊ-ऊ! तब क्या हुआ तुम्हारे गोपाल बाबू का?"

कुत्ता बरामदे के नीचे चला गया। उलटकर देखने लगा। गुर्राया। फिर, दो-तीन बार दबी हुई आवाज़ में 'बुफ-बुफ' कर ज़नाने मुसाफिरख़ाने के अन्दर चला गया, जहाँ पैटमानजी सोता है।

"बाबू, सो गए क्या?"

...चलो, बाबू को फिर नींद आ गई! बाबू की नाक ठीक बबुआनी-आवाज़

में ही डाकती है!...पैटमानजी तो, लगता है, लकड़ी चीर रहे हैं!... गोपाल बाबू की नाक बीन-जैसी बजती थी—सुर में!!... असगर बाबू का खर्राटा... सिंघ जी फुफकारते थे और साहू बाबू नींद में बोलते थे—'ए, डाउन दो, गाड़ी, छोड़ा...!'

...तार की घण्टी! स्टेशन का घण्टा! गार्ड साहब की सीटी! इंजिन का बिगुल! जहाज़ का भौंपा!... सैंकड़ों सीटियाँ... बिगुल... भोंपा... भों-ओं-ओं-ओं...!

...हज़ार बार, लाख बार कोशिश करके भी अपने को रेल की पटरी से अलग नहीं कर सका, करमा। वह छटपटाया। चिल्लाया, मगर ज़रा भी टस-से-मस नहीं हुई उसकी देह। वह चिपका रहा। धड़धड़ाता हुआ इंजन गरदन और पैरों को काटता हुआ चला गया।... लाइन के एक ओर उसका सिर लुढ़का हुआ पड़ा था, दूसरी ओर दोनों पैर छिटके हुए! उसने जल्दी से अपने कटे हुए पैरों को बटोरा... अरे, यह तो एंटोनी गाट साहब के बरसाती जूते का जोड़ा है! गम्बूट!... उसका सिर क्या हुआ?... धेत, धेत! ससुरा नाक-कान चबा रहा है...!

''करमा!''

—धेत्!-धेत्!

''उठ करमा, चाय बना!''

करमा फड़फड़ाकर उठ बैठा।... ले, बिहान हो गया। मालगाड़ी को 'थुरू-पास' करके, पैटमानजी हाथ में बेंत की कमानी घुमाता हुआ आ रहा है।... साला! ऐसा भी सपना होता है, भला? बारह साल में, पहली बार ऐसा अजूबा सपना देखा करमा ने।

बारह साल में एक दिन के लिए भी रेलवे-लाइन से दूर नहीं गया, करमा। इस तरह 'एकसिडंटवाला सपना' कभी नहीं देखा उसने!

करमा रेल-कम्पनी का नौकर नहीं। वह चाहता तो पोटर, खलासी, पैटमान या पानी-पाँडे की नौकरी मिल सकती थी। खूब आसानी से रेलवे-नौकरी में 'घुस' सकता था। मगर मन को कौन समझाए! मन माना नहीं। रेल-कम्पनी का नीला कुर्ता और इंजिन-छाप बटन का शौक उसे कभी नहीं हुआ।

रेल-कम्पनी क्या, किसी की नौकरी करमा ने कभी नहीं की। नाम-धाम पूछने के बाद लोग पेशे के बारे में पूछते हैं। करमा जवाब देता है—

''बाबू के 'साथ' रहते हैं।''...एक पैसा भी मुसहरा न लेनेवाले को नौकर तो नहीं कह सकते!

...गोपाल बाबू के साथ, लगातार पाँच वर्ष! इसके बाद कितने बाबुओं के

साथ रहा, यह गिनकर बतलाना होगा। लेकिन, एक बात है—'रिलिफिया-बाबू' को छोड़कर किसी सालटन-बाबू के साथ वह कभी नहीं रहा।... सालटन-बाबू माने किसी 'टिसन' में 'परमानन्टी' नौकरी करनेवाला—फैमिली के साथ रहनेवाला!

...जा रे गोपाल बाबू! वैसा बाबू अब कहाँ मिले? करमा का 'माय-बाप, भाय-बहिन, कुल-परिवार', जो बूझिए—सब एक गोपाल बाबू!... बिना 'बिलटी-रसीद' का लावारिस माल था, करमा। रेलवे अस्पताल से छुड़ाकर अपने साथ रखा गोपाल बाबू ने। जहाँ जाते, करमा साथ जाता। जो खाते, करमा भी खाता।...लेकिन आदमी की मति को क्या कहिए! रिलिफिया-काम छोड़कर सालटनी काम में गए। फिर, एक दिन शादी कर बैठे।... बौमा... गोपाल बाबू की 'फैमली' —राम-हो-राम! वह औरत थी? साच्छात चुड़ैल!... दिन-भर गोपाल बाबू ठीक रहते। साँझ पड़ते ही उनकी जान चिड़िया की तरह लुकाती फिरती।... आधी रात को कभी-कभी इसपेसल पास करने के लिए बाबू निकलते। लगता, अमरीकन रेलवे-इंजिन के बायलर में कोयला झोंककर निकले हैं।... करमा क्वाटर के बरामदे पर सोता था। तीन महीने तक रात में नींद नहीं आई, कभी।... बौमा 'फों-फों' करती—बाबू मिनमिनाकर कुछ बोलते। फिर शुरू होता रोना-कराहना, गाली-गलौज, मार-पीट। बाबू भागकर बाहर निकलते और वह औरत झपटकर माथे का केश पकड़ लेती।... तब करमा ने एक उपाय निकाला। ऐसे समय में वह उठकर दरवाज़ा खटखटाकर कहता, ''बाबू, 'इसपेसल' का 'कल' बोलता है...।'' बाबू की जान कितने दिनों तक बचाता करमा?..बौमा एक दिन चिल्लाई, ''ए छोकरा...हरामजादा! के दूर कोरो। यह चोर है चो-ओ-ओ-र!'' इसके बाद से ही किसी 'टिसन' के फैमिली क्वार्टर को देखते ही करमा के मन में एक पतली आवाज़ गूँजने लगती है—चो-ओ-ओ-र! हरामजादा! फैमिली-क्वाटर ही क्यों—जनाना मुसाफिरखाना, जनाना दर्जा, जनाना... जनाना नाम से ही करमा को उबकाई आने लगती है।

...एक ही साल में गोपाल बाबू को 'हाड़-गोड़' सहित चबाकर खा गई, वह जनाना! फूल-जैसे सुकुमार गोपाल बाबू! ज़िन्दगी में पहली बार फूट-फूटकर रोया था, करमा।

...रमता-जोगी, बहता-पानी और रिलिफिया-बाबू! हेड-क्वाटर में चौबीस घण्टे हुए कि परवाना कटा-फलाने टिसन का मास्टर बीमार है, सिकरिपोट आया है। तुरंत 'जोआयेन' करो।... रिलिफिया-बाबू का बोरिया-बिस्तर हमेशा 'रेडी' रहना चाहिए। कम-से-कम एक सप्ताह, ज्यादा-से-ज्यादा तीन महीने से ज्यादा किसी एक जगह में जमकर नहीं रह सकता, कोई रिलिफिया-बाबू।... लकड़ी के एक

बक्से में सारी गृहस्थी बन्द करके—आज यहाँ, कल वहाँ।...पानीपाड़ा से भातगाँव, कुरैठा से रौताड़ा। फिर, हेड-क्वाटर, कटिहार!

...गोपाल बाबू ने ही घोस बाबू के साथ लगा दिया था—'खूब भालो बाबू। अच्छी तरह रखेगा।' लेकिन, घोस बाबू के साथ एक महीना से ज्यादा नहीं रह सका, करमा। घोस बाबू की बेवजह गाली देने की आदत! गाली भी बहुत ख़राब-ख़राब! माँ-बहन की गाली!... इसके अलावा घोस बाबू में कोई ऐब नहीं था। अपने 'सर्वांग' की तरह रखते थे।... घोस बाबू आज भी मिलते हैं तो गाली से ही बात शुरू करते हैं—''की रे... करमा? किसका साथ में है आजकल मादर्च...?''

...घोस बाबू को माँ-बहन की गाली देने वाला कोई नहीं। नहीं तो समझते कि माँ-बहन की गाली सुनकर आदमी का खून किस तरह खौलने लगता है। किसी भले आदमी को ऐसी खराब गाली बकते नहीं सुना है करमा ने, आज तक।

...राम बाबू की सब आदत ठीक थी। लेकिन... भा-आ-री 'इश्की आदमी।' जिस टिसन में जाते, पैटमान-पोटर-सूपर को एकान्त में बुलाकर घुसुर-फुसुर बतियाते। फिर रात में कभी मालगोदाम की ओर तो तभी ज़नाना मुसाफ़िरखाना में, तो कभी ज़नाना-पैख़ाना में...छिः-छिः:... जहाँ जाते छुछुआते रहते—''क्या जी, असल-माल-वाल का कोई जोगाड़-जन्तर नहीं लगेगा?''...आख़िर वही हुआ जो करमा ने कहा था—'माल' ही उनका 'काल' हुआ। पिछले साल, जोगबनी-लाइन में एक नेपाली ने खुकरी से दो टुकड़ा काटकर रख दिया। और उड़ाओ माल!... जैसी अपनी इज़्ज़त, वैसी परायी!

...सिंघ जी भारी 'पुजेगरी'! सिया सहित राम-लछमन की मूर्ति हमेशा उनकी झोली में रहती थी। रोज़ चार बजे भोरे से ही नहाकर पूजा की घण्टी हिलाते रहते। इधर 'कल' की घण्टी बजती।... जिस घर में ठाकुरजी की झोली रहती, उसमें बिना नहाए कोई पैर भी नहीं दे सकता था।...कोई अपनी देह को उस तरह बाँधकर हमेशा कैसे रह सकता है? कौन दिन में दस बार नहाए और हजार बार पैर धोए? सो भी, जाड़े के मौसम में!... जहाँ कुछ छूओ कि हूँहूँहूँ-अरेरेरे-छू दिया न?...ऐसे छुतहा आदमी को रेल-कम्पनी में आने की क्या ज़रूरत?... सिंघ जी का साथ नहीं निभ सका।

...साहू बाबू दरियादिल आदमी थे। मगर मदक्की ऐसे कि दिन-दोपहर को पचास-दारू एक बोतल पीकर मालगाड़ी को 'थुरूपास' दे दिया और गाड़ी लड़ गई। करमा को याद है, 'एक्सिडंट' की खबर सुनकर ही साहू बाबू ने फिर एक

बोतल चढ़ा दिया।... आखिर डॉक्टर ने दिमाग खराब होने का 'सार्टिकफिटिक' दे दिया।

...लेकिन, उस 'एकसिडेंट' के समय भी किसी रात को करमा ने ऐसा सपना नहीं देखा!

...न...भोर-भोर ऐसी कुलच्छन-भरी बात बाबू को सुनाकर करमा ने अच्छा नहीं किया। रेलवे की नौकरी में अभी तुरत 'घुसवैं' किए हैं।

...नः...बाबू के मिजाज का टेर-पता अब तक करमा को नहीं मिला है। करीब एक सप्ताह तक साथ में रहने के बाद, कल रात में पहली बार दिल खोलकर दो सवाल-जवाब किया बाबू ने। इसीलिए, सुबह को करमा ने दिल खोलकर अपने सपने की बात शुरू की थी। चाय की प्याली सामने रखने के बाद उसने हँसकर कहा, "हँह बाबू, रात में हम एक अ-जू-ऊ-ऊबा सपना देखा। धड़धड़ाता इंजिन... लाइन पर चिपकी हमारी देह टस-से-मस नहीं... सिर इधर और पैर दोनों लाइन के उधर... एंटोनी गाट साहेब के बरसाती जूते का जोड़ा... गम्बोट...!"

"धेत्त! क्या बेसिर-पैर की बात करते हो, सुबह-सुबह? गाँजा-वाँजा पीता है क्या?"

...करमा ने बाबू को सपने की बात सुनाकर अच्छा नहीं किया।

करमा उठकर ताखे पर रखे हुए आईने में अपना मुँह देखने लगा। उसने 'अ-जू-ऊ-ऊ-बा' कहकर देखा। छिः, उसके होंठ तीतर की चोंच की तरह...।

"का करमचन? का बन रहा है?"

...पानी-पाँडे? यह पानी-पाँडे भला आदमी है। पुरानी जान-पहचान है इससे, करमा की। कई टिसन में संगत हुआ है। लेकिन, यह पैटमान लटपटिया आदमी मालूम होता है। हर बात में पुच-पुच कर हँसनेवाला।

"करमचन बाबू कौन जाति के हैं?"

"क्यों? बंगाली हैं।"

"भैया, बंगाली में भी साढ़े-बारह बरन के लोग होते हैं।"

"पानी-पाँडेजी, सो तो मैं नहीं जानता। मगर बहुत गुनी-आदमी हैं। आपका नाम का मतलब निकालकर-चेहरा देखकर सब कुछ बता देंगे...लीजिए, घण्टी पड़ गई दुबज्जी गाड़ी की, और मेरी तरकारी अभी तक चढ़ी हुई है।"

पानी-पाँडे जाते-जाते कह गया, "थोड़ी तरकारी बचाकर रखना, करमचन!"

...घर कहाँ? कौन जाति? मनिहारी घाट के मस्तान बाबा का सिखाया हुआ जवाब, सभी जगह नहीं चलता—हरि के भजे सो हरि के होई! मगर, हरि की

भी जाति थी!... ले, यह घटही-गाड़ी का इंजन कैसे भेज दिया इस लाइन में आज? संथाली-बाँसी जैसी पतली सीटी—सी-ई-ई!!

...ले, फक्का! एक भी पसिंजर नहीं उतरा, इस गाड़ी से भी। काहे को इतना खर्चा करके रेल-कम्पनी ने यहाँ टिसन बनाया, करमा की बुद्धि में नहीं आता। फ़ायदा? बस, नाम ही आमदपुरा है—आमदनी नदारद। सात दिन में दो टिकट कटे हैं और सिर्फ पाँच पसिंजर उतरे हैं, जिसमें दो बिना टिकट के।... इतने दिन के बाद पन्द्रह बोरा बैंगन उस दिन बुक हुआ। पन्द्रह बैंगन देकर ही काम बना लिया, उस बूढ़े ने।... उस बैंगनवाले की बोली—बानी अजीब थी। करमा से घुलकर गप करना चाहता था बूढ़ा। घर कहाँ? कौन जाति? घर में कौन-कौन?... करमा ने सभी सवालों का एक ही जवाब दिया था—ऊपर की ओर हाथ दिखलाकर! बूढ़ा हँस पड़ा था।... अजीब हँसी!

...घटही-गाड़ी! सी-ई-ई-ई!!

करमा मनिहारी घाट टिसन में भी रहा है, तीन महीने तक एक बार, एक महीना दूसरी बार।... मनिहारी घाट टिसन की बात निराली है। कहाँ मनिहारी घाट और कहाँ आमदपुरा का यह पिद्दी टिसन!

...नई जगह में, नए टिसन में पहुँचकर आसपास के गाँवों में एकाध चक्कर घूमे-फिरे बिना करमा को न जाने कैसा-कैसा लगता है। लगता है, अन्ध-कूप में पड़ा हुआ है।... वहां 'डिसटन-सिंगल' के उस पार दूर-दूर तक खेत फैले हैं।... वह काला जंगल... ताड़ का वह अकेला पेड़... आज बाबू को खिला-पिलाकर करमा निकलेगा। इस तरह बैठे रहने से उसके पेट का भात नहीं पचेगा।... यदि गाँव-घर और खेत-मैदान में नहीं घूमता-फिरता, तो वह पेड़ पर चढ़ना कैसे सीखता? तैरना कहाँ सीखता?

...लखपतिया टिसन का नाम कितना जब्बड़ है! मगर टिसन पर एक सत्तू-फरही की भी दूकान नहीं। आस-पास में, पाँच कोस तक कोई गाँव नहीं मगर, टिसन से पूरब जो दो पोखरे हैं, उन्हें कैसे भूल सकता है करमा? आईना की तरह झलमलाता हुआ पानी।... वैशाख महीने की दोपहरी में, घण्टों गले-भर पानी में नहाने का सुख! मुँह से कहकर बताया नहीं जा सकता!

...मुदा, कदमपुरा—सचमुच कदमपुरा है। टिसन से शुरू करके गाँव तक हज़ारों कदम के पेड़ हैं।... कदम की चटनी खाए एक युग हो गया।

...वारिसगंज टिसन, बीच कस्बा में है। बड़े-बड़े मालगोदाम, हज़ारों गाँठ पाट, धान-चावल के बोरे, कोयला-सीमेंट-चूना की ढेरी! हमेशा हज़ारों लोगों की

भीड़! करमा को किसी का चेहरा याद नहीं।... लेकिन टिसन से सटे उत्तर की ओर मैदान में तम्बू डालकर रहने वाले गदहावाले मगहिया डोमों की याद हमेशा आती है।—घाँघरीवाली औरतें, हाथ में बड़े-बड़े कड़े, कान में झुमके...नंगे बच्चे, कान में गोल-गोल कुण्डल वाले मर्द... उनके मुर्गे! उनके कुत्ते!

...बथनाहा टिसन के चारों ओर हज़ार घर बन गए हैं। कोई परतीत करेगा कि पाँच साल पहले बथनाहा टिसन पर दिन-दोपहर को टिटही बोलती थी!

...कितनी जगहों, कितने लोगों की याद आती है!...सोनबरसा के आम... कालूचक की मछलियाँ...भटोतर का दही...कुसियारगाँव का ऊख!

...मगर सबसे ज़्यादा आती है मनिहारी घाट टिसन की याद। एक तरफ़ धरती, दूसरी ओर पानी। इधर रेलगाड़ी, उधर जहाज़। इस पार खेत-गाँव-मैदान, उस पार साहेबगंज-कजरोटिया का नीला पहाड़। नीला पानी-सादा बालू!... तीन एक, चार! चार महीने तक तीसों दिन गंगा में नहाया है, करमा। चार 'जनम तक' श्राप का कोई असर तो नहीं होना चाहिए! इतना बढ़िया नाम शायद ही किसी टिसन का होगा—मनिहार।... बलिहारी! मछुवे जब नाव से मछलियाँ उतारते तो चमक के मारे करमा की आँखें चौंधिया जातीं।

...रात में, उधर जहाज चला जाता—धू-धू करता हुआ। इधर गाड़ी छकछकाती हुई कटिहार की ओर भागती। अजू साह की दूकान की झाँपी बन्द हो जाती। तब घाट पर मस्तान बाबा की मण्डली जुटती।

...मस्तान बाबा कुली-कुल के थे। मनिहारी घाट पर ही कुली का काम करते थे। एक बार मन ऐसा उदास हो गया कि दाढ़ी और जटा बढ़ाकर बाबाजी हो गए। खंजड़ी बजा निरगुन गाने लगे। बाबा कहते, ''घाट-घाट का पानी पीकर देखा—सब फीका। एक गंगाजल मीठा...।'' बाबा एक चिलम गाँजा पीकर पाँच किस्सा सुना देते। सब वेद-पुरान का किस्सा! करमा ने ग्यान की दो-चार बोली मनिहारी घाट पर ही सीखीं। मस्तान बाबा के सत्संग में। लेकिन, गाँजा में उसने कभी दम नहीं लगाया।... आज बाबू ने झुँझलाकर जब कहा, ''गाँजा-वाँजा पीते हो क्या''—तो करमा को मस्तान बाबा की याद आई। बाबा कहते—हर जगह की अपनी खुशबू-बदबू होती है!... इस आदमपुरा की गन्ध के मारे करमा को खाना-पीना नहीं रुचता।

...मस्तान बाबा को बाद देकर मनिहारी घाट की याद कभी नहीं आती।

करमा ने ताखे पर रखे आईने में फिर अपना मुखड़ा देखा। उसने आँखें अधमुँदी करके दाँत निकालकर हँसते हुए मस्तान बाबा के चेहरे की नकल उतारने

की चेष्टा की—''मस्त रहो!... सदा आँख-कान खोलकर रहो।...धरती बोलती है। गाछ-बिरिच्छ भी अपने लोगों को पहचानते हैं।.... फसल को नाचते-गाते देखा है, कभी? रोते सुना है कभी अमावस्या की रात को? है...है...है...—मस्त रहो...।''

...करमा को क्या पता कि बाबू पीछे खड़ा होकर सब तमाशा देख रहे हैं। बाबू ने अचरज से पूछा, ''तुम जगे-जगे खड़ा होकर भी सपना देखता है?...कहता है कि गाँजा नहीं पीता?''

सचमुच वह खड़ा-खड़ा सपना देखने लगा था। मस्तान बाबा का चेहरा बरगद के पेड़ की तरह बड़ा होता गया। उनकी मस्त हँसी आकाश में गूँजने लगी। गाँजे का धुआँ उड़ने लगा। गंगा की लहरें आईं। दूर, जहाज़ का भोंपा सुनाई पड़ा—भों-ओं-ओं!

बाबू ने कहा, ''खाना परोसो। देखूँ, क्या बनाया है? तुमको लेकर तो भारी मुश्किल है...।''

मुँह का पहला कौर निगलकर बाबू करमा का मुँह ताकने लगे, ''लेकिन, खाना तो बहुत बढ़िया बनाया है!''

खाते-खाते बाबू का मन-मिजाज़ एकदम बदल गया। फिर रात की तरह दिल खोलकर गप करने लगे, ''खाना बनाना किसने सिखलाया तुमको? गोपाल बाबू की घरवाली ने?''

...गोपाल बाबू की घरवाली? माने बौमा? वह बोला, ''बौमा का मिजाज़ तो इतना खट्टा था कि बोली सुनकर कड़ाही का ताज़ा दूध फट जाए। वह किसी को क्या सिखावेगी? फूहड़ औरत?''

''और यह बात बनाना किसने सिखलाया तुमको?''

करमा को मस्तान बाबा की 'बानी' याद आई, ''बाबू सिखलाएगा कौन?... शहर सिखाए कोतवाली!''

''तुम्हारी बीवी को खूब आराम होगा!''

बाबू का मन-मिजाज़ इसी तरह ठीक रहा तो एक दिन करमा मस्तान बाबा का पूरा किस्सा सुनाएगा।

''बाबू, आज हमको जरा छुट्टी चहिए।''

''छुट्टी! क्यों? कहाँ जाएगा?''

करमा ने एक ओर हाथ उठाते हुए कहा, ''जरा उधर घूमने-फिरने...।''

पैटमानजी ने पुकारकर कहा, ''करमा! बाबू को बोलो, 'कल' बोलता है।''

...तुम्हारी बीवी को खूब आराम होगा!... करमा की बीवी! वारिसगंज

टिसन... मगहिया डोमों के तम्बू... उठती उमेरवाली छौंड़ी...नाक में नथिया...नाक और नथिया में जमे हुए काले मैले... पीले दाँतों में मिस्सी!!

करमा अपने हाथ का बना हुआ हलवा-पूरी उस छौंड़ी को नहीं खिला सका। एक दिन काग़ज़ की पुड़िया में ले गया। लेकिन वह पसीने से भीग गया। उसकी हिम्मत ही नहीं हुई।... यदि यह छौंड़िया चिल्लाने लगे कि तुम हमको चुरा-छिपाकर हलवा काहे खिलाता है?... ओ, मइयो-यो-यो-यो-यो...!!

...बाबू हज़ार कहें, करमा का मन नहीं मानता कि उसका घर संथाल-परगना या राँची की ओर कहीं होगा। मनिहारी घाट में दो-दो बार रह आया है, वह। उस पार के साहेबगंज-कजरोटिया के पहाड़ ने उसको अपनी ओर नहीं खींचा कभी! और वारिसगंज, कदमपुरा, कालूचक, लखपतिया का नाम सुनते ही उसके अन्दर कुछ झनझना उठता है। जाने-पहचाने, अचीन्हे, कितने लोगों के चेहरों की भीड़ लग जाती है! कितनी बातें—सुख-दुःख की! खेत-खलिहान, पेड़-पौधे, नदी-पोखरे, चिरई चुनमुन—सभी एक साथ टानते हैं, करमा को!

...सात दिन से उस जंगल का ताड़ का पेड़ उसको इशारे से बुला रहा है। जंगल के ऊपर आसमान में तैरती हुई चील आकर करमा को क्यों पुकार जाती है? क्यों?

रेलवे-हाता पार करने के बाद भी जब कुत्ता नहीं लौटा तो करमा ने झिड़की दी, ''तू कहाँ जाएगा ससुर? जहाँ जाएगा झाँव-झाँव करके कुत्ते दौड़ेंगे।... जा! भाग। भाग!!''

कुत्ता रुककर करमा को देखने लगा। धनखेतों से गुजरने वाली पगडण्डी पकड़कर करमा चल रहा है। धान की बालियाँ अभी फूटकर निकली नहीं हैं।... करमा को हेडक्वाटर के चौधरी बाबू की गर्भवती घरवाली की याद आई। सुना है, डाक्टरनी ने अन्दर का फोटो लेकर देखा है—जुड़वाँ बच्चा है पेट में!

...इधर 'हथिया-नच्छत्तर' अच्छा झरा था। खेतों में अभी भी पानी लगा हुआ है।... मछली?

...पानी में मांगुर-मछलियों को देखकर करमा की देह अपने-आप बँध गई। वह साँस रोककर चुपचाप खड़ा रहा। फिर धीरे-धीरे खेत की मेंड़ पर चला गया। मछलियाँ छलमलाईं। आईने की तरह थिर पानी अचानक नाचने लगा।... करमा क्या करे?... उधर की मेंड़ से सटाकर एक छेंका देकर पानी को उलीच दिया जाए तो...?

...है है—है है! साले! बन का गीदड़, जाएगा किधर? और छलमलाओ!...
अरे, काँटा करमा को क्या मारता है? करमा नया शिकारी नहीं।

आठ मांगुर और एक गरई मछली! सभी काली-मछलियाँ! कटिहार हाट
में इसी का दाम बेखटके तीन रुपया ले लेता।... करमा ने गमछे में मछलियों
को बाँध लिया। ऐसा संतोख उसको कभी नहीं हुआ, इसके पहले। बहुत-बहुत
मछली का शिकार किया उसने!

एक बूढ़ा भैंसवार मिला जो अपनी भैंस को खोज रहा था, ''ए भाय! उधर
किसी भैंस पर नज़र पड़ी है?''

भैंसवार से करमा ने एक बीड़ी माँगी। उसको अचरज हुआ—कैसा आदमी
है, न बीड़ी पीता है, न तम्बाकू खाता है। उसने नाराज़ होकर जिरह करना शुरू
किया, ''इधर कहाँ जाना है? गाँव में तुम्हारा कौन है? मछली कहाँ ले जा रहे हो?''

...ताड़ का पेड़ तो पीछे की ओर ही धसकता जाता है। करमा ने देखा,
गाँव आ गया। गाँव में कोई तमाशावाला आया है। बच्चे दौड़ रहे हैं। हाँ, भालूवाला
ही है। डमरू की बोली सुनकर करमा ने समझ लिया था।

....गाँव में पहली गन्ध! गन्ध का पहला झोंका!

...गाँव का पहला आदमी। यह बूढ़ा गोभी को पानी से पटा रहा है। बाल
सादा हो गए हैं, मगर पानी भरते समय बाँह में जवानी ऐंठती है।...अरे, यह
तो वही बूढ़ा है जो उस दिन बैंगन बुक कराने गया था और करमा से घुल-मिलकर
गप करना चाहता था। करमा से खोद-खोदकर पूछता था—''माय-बाप हैं नहीं
या माय-बाप को छोड़कर भाग आए हो?... ले, उसने भी करमा को पहचान लिया!''

''क्या है, भाई? इधर किधर?''

''ऐसे ही। घूमने-फिरने!...आपका घर इसी गाँव में है?''

बूढ़ा हँसा। घनी मूँछें खिल गईं।... बूढ़ा ठीक सत्तो बाबू टीटी के बाप की
तरह हँसता है।

एक लाल साड़ी वाली लड़की हुक्के पर चिलम चढ़ाकर फूँकती हुई आयी।
चिलम को फूँकते समय उसके दोनों गाल गोल हो गए थे। करमा को देखकर
वह ठिठकी। फिर गोभी के खेत के बाड़े को पार करने लगी। बूढ़े ने कहा, ''चलो
बेटी, दरवाज़े पर ही हम लोग आ रहे हैं।''

बूढ़ा हाथ-पैर धोकर खेत से बाहर आया, ''चलो!''

लड़की ने पूछ, ''बाबा, यह कौन आदमी है?''

'भालू नचाने वाला आदमी।'

‘‘धेत!’’

करमा लजाया।... क्या उसका चेहरा-मोहरा भालू नचाने वाला-जैसा है? बूढ़े ने पूछा, ‘‘तुम रिलिफिया-बाबू के नौकर हो न?’’

‘‘नहीं, नौकर नहीं।... ऐसे ही साथ में रहता हूँ।’’

‘‘ऐसे ही? साथ में? तलब कितना मिलता है?’’

‘‘साथ में रहने पर तलब क्या मिलेगा?’’

...बूढ़ा हुक्का पीना भूल गया। बोला, ‘‘बस? बेतलब का ताबेदार?’’

बूढ़े ने आँगन की ओर मुँह करके कहा, ‘‘सरसतिया! जरा माय को भेज दो, यहाँ। एक कमाल का आदमी...।’’

बूढ़ी टट्टी की आड़ में खड़ी थी। तुरंत आई। बूढ़े ने कहा, ‘‘जरा देखो, इस किल्लाठोंक-जवान को। पेट भर भात पर खटता है।... क्यों जी, कपड़ा भी मिलता है?... इसी को कहते हैं—पेट-माधोराम मर्द!’’

...आँगन में एक पतली खिलखिलाहट!... भालू नचाने वाला कहीं पड़ोस में ही तमाशा दिखा रहा है। डमरू के इस ताल पर भालू हाथ हिला-हिलाकर थब्बड़-थब्बड़ नाच रहा होगा—थुथना ऊँचा करके।... अच्छा जी भोलेराम, नाच तो खूब बनाया, तैने। अब एक बार दिखला दे कि फूहड़ औरत गोद में बच्चा को सुलाकर किस तरह ऊँघती है!

... वाहजी भोलेराम!

...सैकड़ों खिलखिलाहट!!

‘‘तुम्हारा नाम क्या है जी?... मरमचन? वाह, नाम तो खूब सगुनिया है। लेकिन काम? काम चूल्हचन?’’

करमा ने लजाते हुए बात को मोड़ दिया, ‘‘आपके खेत का बैंगन बहुत बढ़िया है। एकदम घी जैसा...।’’ बूढ़ा मुस्कुराने लगा।

और बूढ़ी की हँसी करमा की देह में जान डाल देती है। वह बोली, ‘‘बेचारे को दम तो लेने दो। तभी से रगेट रहे हो।’’

‘‘मछली है? बाबू के लिए ले जाओगे?’’

‘‘नहीं। ऐसे ही...रास्ते में शिकार...।’’

‘‘सरसतिया की माय! मेहमान को चूड़ा भूनकर मछली की भाजी के साथ खिलाओ!... एक दिन दूसरे के हाथ की बनाई मछली खा लो जी!’’

जलपान करते समय करमा ने सुना—कोई पूछ रही थी, ‘‘ए, सरसतिया की माय! कहाँ का मेहमान है?’’

“कटिहार का।”

“कौन है?”

“कुटुम ही है।”

“कटिहार में तुम्हारा कुटुम कब से रहने लगा?”

“हाल से ही।”

...फिर एक खिलखिलाहट! कई खिलखिलाहट!!... चिलम फूँकते समय सरसतिया के गाल मोसम्बी की तरह गोल हो जाते हैं। बूढ़ी ने दुलार-भरे स्वर में पूछा, ''अच्छा ऐ बबुआ! तार के अन्दर से आदमी की बोली कैसे जाती है? हमको जरा खुलासा करके समझा दो।''

चलते समय बूढ़ी ने धीरे-से कहा, ''बूढ़े की बात का बुरा न मानना। जब से जवान बेटा गया, तब से इसी तरह उखड़ी-उखड़ी बात करता है।... कलेजे का घाव...।''

“एक दिन फिर आना।”

“अपना ही घर समझना!”

लौटते समय करमा को लगा, तीन जोड़ी आँखें उसकी पीठ पर लगी हुई हैं। आँखें नहीं—डिसटन-सिंगल, होम-सिंगल और पैट-सिंगल की लाल-लाल गोल-गोल रोशनी!!

जिस खेत में करमा ने मछली का शिकार किया था उसकी मेंड़ पर एक ढोंढ़ा-साँप बैठा हुआ था। फों-फों करता हुआ भागा।... हद है! कुत्ता अभी तक बैठा उसकी राह देख रहा था! खुशी के मारे नाचने लगा करमा को देखकर!

रेलवे-हाता में आकर करमा को लगा, बूढ़े ने उसको बनाकर ठग लिया। तीन रुपये की मोटी-मोटी माँगुर मछलियाँ एक चुटकी चूड़ा खिलाकर, चार खट्टी-मीठी बात सुनाकर...।

...करमा ने मछली की बात अपने पेट में रख ली। लेकिन बाबू तो पहले से ही सब कुछ जान लेने वाला— ‘अगरजानी’ है। दो हाथ दूर से ही बोले, ''करमा, तुम्हारी देह से कच्ची मछली की बास आती है। मछली ले आए हो?''

...करमा क्या जवाब दे अब? ज़िंदगी में पहली बार किसी बाबू के साथ उसने विश्वासघात किया है।... मछली देखकर बाबू जरूर नाचने लगते!... पन्द्रह दिन देखते-देखते ही बीत गए।

अभी, रात की गाड़ी से टिसन के सालटन-मास्टर बाबू आए हैं—बाल-बच्चों के साथ। पन्द्रह दिन से चुप फैमिली-क्वाटर में कुहराम मचा है। भोर की गाड़ी

से ही करमा अपने बाबू के साथ हेड-क्वाटर लौट जाएगा।... इसके बाद, मनिहारी घाट?

...न...आज रात भी करमा को नींद नहीं आएगी। नहीं, अब वार्निश-चूने की गन्ध नहीं लगती।... बाबू तो मज़े में सो रहे हैं। बाबू, सचमुच में गोपाल बाबू जैसे हैं। न किसी जगह से तिल-भर मोह, न रत्ती-भर माया।... करमा क्या करे? ऐसा तो कभी नहीं हुआ।... 'एक दिन फिर आना। अपना ही घर समझना।... कुटुम है... पेटमाधोराम मर्द!'

...अचानक करमा को एक अजीब-सी गन्ध लगी। वह उठा। किधर से यह गन्ध आ रही है? उसने धीरे-से प्लेटफार्म पार किया। चुपचाप सूँघता हुआ आगे बढ़ता गया।... रेलवे-लाइन पर पैर पड़ते ही सभी सिंगल-होम, डिस्टंट और पैट—ज़ोर-ज़ोर से बिगुल फूँकने लगे।... फ़ैमिली-क्वाटर से एक औरत चिल्लाने लगी—'चो-ओ-चो-र!' वह भागा। एक इंजिन उसके पीछे-पीछे दौड़ा आ रहा है।... मगहिया डोम की छौंड़ी?... तम्बू में वह छिप गया।... सरसतिया खिलखिलाकर हँसती है। उसके झबरे केश, बेनहाई हुई देह की गन्ध, करमा के प्राण में समा गई।... वह डरकर सरसतिया की गोद में... नहीं, उसकी बूढ़ी माँ की गोद में अपना मुँह छिपाता है।... रेल और जहाज़ के भोंपे एक साथ बजते हैं। सिंगल की लाल-लाल रोशनी...।

"करमा, उठ! करमा, सामान बाहर निकालो!"

...करमा एक गन्ध के समुद्र में डूबा हुआ है। उसने उठकर कुरता पहना। बाबू का बक्सा बाहर निकाला। पानी-पाँडे ने 'कहा-सुना माफ़ करना' कहा। करमा डूबा रहा।

...गाड़ी आई। बाबू गाड़ी में बैठे। करमा ने बक्स चढ़ा दिया।... वह सरवेंट-दर्जा में बैठेगा। बाबू ने पूछा, "सब कुछ चढ़ा दिया तो? कुछ छूट तो नहीं गया?"... नहीं, कुछ छूटा नहीं है।... गाड़ी ने सीटी दी। करमा ने देखा, प्लेटफार्म पर बैठा हुआ कुत्ता उसकी ओर देखकर कूँ-कूँ कर रहा है।... बेचैन हो गया कुत्ता!

"बाबू?"

"क्या है?"

"मैं नहीं जाऊँगा।" करमा चलती गाड़ी से उतर गया। धरती पर पैर रखते ही ठोकर लगी। लेकिन सँभल गया।

जलवा

फ़ातिमादि को भी देखूँगा और इस तरह देखूँगा, इसकी मैंने कल्पना भी नहीं की थी। इसलिए कुछ देर तक पटना मार्केट को स्वप्नलोक समझकर खोया-खोया-सा खड़ा रहा—जूते की दूकान पर।...बुरके से सिर-पैर तक ढकी दो महिलाएँ और साथ में नौ-दस साल की गुड़िया जैसी खूबसूरत लड़की। लड़की ने दुबारा पूछा—"मौसी पूछ रही हैं कि पटना कब आए आप?"

दूकानदार ने रेज़गारी गिनते हुए कहा, 'वह आप ही से पूछ रही है?"

लड़की हँस पड़ी। बुरके के अन्दर भी हँसी खनकी।...परिचित हँसी! लड़की हँसी अपनी मौसी की किसी बात पर। बोली, "मेरी मौसी आपकी फ़ातिमादि हैं।"

अब कत्थई रंग के बुरके के अन्दर से फ़ातिमा की चिर-परिचित बोली स्पष्ट सुनाई पड़ी—"सुनो, दिल्ली या बुम्बई में रहते हो?"

"मैं पिछले दस साल से पटना में हूँ।"

"अजब बात! पटना में ही, और कभी देखा नहीं"

"और आप...?" इतनी देर बाद मेरा होश लौटा मानो।

मेरी बात को बीच में ही काटकर बुरकापोश फ़ातिमादि बोली, "मेरी छोड़ो। अपनी बताओ। शादी-वादी की?"

मुझे सकपकाया देखकर वह बोली, "बाकरगंज गली में दानिशमंज़िल देखा है न? वहीं रहती हूँ। बहू को लेकर किसी दिन आओगे? कल ही आओ न, सुबह आठ बजे।..."

लड़की बोली, "कल सुबह आठ बजे तो हमीदा ख़ाला के घर जाना है।"

"ओ-ओ!...परसों आओ।"

मेरे मुँह से अनायास ही निकल पड़ा, "प्रणाम!"

"खुश रहो।"

फ़ातिमादि को कभी 'आदाब अर्ज़' नहीं कहा हमने। वह हमारे प्रणाम को कबूल कर हमेशा 'खुश रहो' कहकर आशीर्वाद देती। किन्तु फ़ातिमादि को इस तरह सिर से पैर तक ढका हुआ कभी नहीं देखा। उन दिनों भी नहीं, जब वह परिचितों की निगाहों से बचकर रहती थी।

रात-भर नींद नहीं आई। आँखें मूँदते ही कत्थई रंग के बुरके में ढकी हुई छाया आकर खड़ी हो जाती।—एक जोड़ी जालीदार आँखें। लाख कोशिश करके भी बुरके को हटाकर फ़ातिमादि का चेहरा नहीं देख सकता...और झुंझलाकर आँखें खोल लेता।

अपने घरवाले की लम्बी साँसों और छटपटाहट को देख-सुनकर कोई भी गृहिणी सशंक हो सकती है। मगर कथाकार की पत्नी जानती है कि कहानी गढ़ते समय उसका घरवाला इसी तरह बेवजह, बेकार, बेकरार हो लम्बी साँसें लेता, करवटें बदलता है। अतः वह सुख से सोई रहती है।

उस रात जगी हुई थी। पूछा, ''तुमसे कभी फ़ातिमादि के बारे में कहा मैंने?''

''नहीं तो? कौन फ़ातिमादि?''

''एक कहानी की फ़ातिमादि।'' बात को टालकर मैंने करवट ली।

कहानी की फ़ातिमादि! अचरज हुआ कि फ़ातिमादि के बारे में अब तक अपनी पत्नी को कुछ क्यों नहीं सुनाया।...नहीं, अचरज की कोई बात नहीं। कट्टर सनातनी की बेटी और हिन्दूसभाइस्ट भाई की बहिन को जान-बूझकर ही मैंने कभी फ़ातिमादि की कोई बात नहीं बताई। डर था कि सुनकर मुँह बिदकाकर कुछ कह देगी। कहेगी—एबसर्ड!

एबसर्ड नहीं, असाधारण!

आज से छत्तीस साल पहले भी लोगों ने कहा था—एबनार्मल!...अधपगली!

मेरा सौभाग्य कि मैंने इस असाधारण महिला को करीब से देखा है।

...याद आती है 1930 की उस सभा की। स्कूल के पिछवाड़े में भारी भीड़। ठाकुरबाड़ी चबूतरे पर गाँधी टोपी पहने कई लोग बैठे थे। एक दस-ग्यारह साल की लड़की 'लेक्चर' दे रही थी। लड़की को पाजामा-कुरता पहने देख बहुत अचरज हुआ था। सुना, सोनपुर के मौलवी साहब की बेटी है। मौलवी साहब ख़िलाफ़त के समय से ही मोटिया पहनते हैं, चर्खा कातते हैं। सफेद पाजामा-कुरता पहने, कन्धे पर तिरंगा झण्डा लेकर खड़ी लड़की!

...1934 के प्रलयंकारी भूकंप के बाद दूसरी बार देखा था। चार साल में ही काफी बड़ी दीख रही थी। महात्मा गाँधी भूकंप-पीड़ित क्षेत्र के दौरे पर आए

थे। मंच पर गाँधीजी के पास खड़ी लड़की को पहचानने में कोई दिक्कत नहीं हुई थी...प्रार्थना सभा में कुरानशरीफ़ की आयतों का सस्वर पाठ करती हुई मौलवी साहब की बेटी। हाल ही में दो साल की सज़ा काटकर जेल से निकली है। कहते हैं गिरफ़्तारी के समय पुलिस के डण्डे से बुरी तरह घायल हो गई थी।

...1937 में तीसरी बार। निकट से देखने का पहला अवसर मिला। स्कूल के मैदान में जिला राजनैतिक सम्मेलन का आयोजन किया था। कांग्रेसी मिनिस्टरों के दिन थे। इसलिए स्कूल में ही प्रतिनिधियों के ठहरने की व्यवस्था की गई थी और स्कूल के बालचर कांग्रेस सेवादल के स्वयंसेवकों के साथ मिलकर काम कर रहे थे। सेवादल की जी.ओ.सी. ने मौलवी साहब की बेटी को पहली बार 'फ़ातिमादि' कहकर पुकारा था। उस सभा में प्रोफेसर अज़ीमाबादी की तकरीर के समय मुस्लिमलीगियों ने गड़बड़ी मचाने की कोशिश की। फ़ातिमादि लपककर मंच पर गई थीं। और उनकी तेज़ आवाज़ पण्डाल में गूंज उठी—''ग़द्दारो! शरम करो!''

...और, 1943 में पाँच महीने तक दिन-रात उनके साथ रहना पड़ा। बनारस, लखनऊ, इलाहाबाद और गोरखपुर की गलियों में 'आज़ाद दस्ता' के क्रान्तिकारी कार्यक्रमों को लेकर अलख जगाने वाली फ़ातिमादि की तस्वीरें आँखों के आगे आती हैं, एक-एक कर।...गिरफ़्तारी के समय पुलिस सार्जेण्ट की भद्दी गालियों के जवाब देते समय उनके चेहरे पर जो बिजली कौंधी थी, 1947 में हिन्दू-मुस्लिम दंगे के समय उपद्रवियों से जूझते समय उनके मुख-मण्डल पर जो आभा छाई रहती थी, उसको इस कत्थई रंग के बुरके ने कैसे ढक दिया? यह कैसे हुआ?

...मैं उनके चेहरे पर पड़े परदे की चित्थी-चित्थी उड़ा देना चाहता हूँ, मैं फ़ातिमादि की सूरत देखना चाहता हूँ, और वह चीख़कर अपनी दोनों हथेलियों से अपना मुँह ढक लेती है—''नहीं-नहीं। ओजू!...अज़ीज़!...मेरा चेहरा मत देखो।...''

सपना टूटने के बाद बहुत देर तक मैं चुपचाप पड़ा रहा। आल इंडिया रेडियो का 'सिगनेचर ट्यून' शुरू हुआ। हठात्, मन में एक ख्याल आया—आकाशवाणी के 'सिगनेचर ट्यून' को बदलने के लिए अब तक कोई 'हंगामा' क्यों नहीं हुआ? यह तो 'अज़ान' का सुर है।...वायलिन पर चढ़ती-उतरती नमाज़ की पुकार!

दानिशमंज़िल की सीढ़ियों पर चढ़ते समय लगा, इस पुरानी इमारत की हर ईंट मुझे ताज्जुब-भरी निगाहों से देख रही है।

''किससे मिलना है?''

''फ़ातिमादि से।''

''किससे?''

''फ़ातिमादि से।''

सवाल पूछने वाला अचरज से बुत बना खड़ा रहता है। फिर बुदबुदाता है—''फ़ातिमादि!...''

गुड़िया जैसी ख़ूबसूरत लड़की हँसती हुई आती है, सलाम करती है, और कहती है, ''मौसी पूछती है कि बहू को क्यों नहीं ले आए!''

मैं समझ गया, फ़ातिमादि आज भी मेरे सामने नहीं आएँगी। आज भी इसी लड़की को बीच में रखकर बातें चलाएँगी।

उधर कई कमरों के दरवाज़े ज़ोर से बन्द हुए। मद्धिम आवाज़ में बजते हुए रेडियो अचानक चुप हो गए। हवा में फिसफिसाहट और सरगोशियाँ।

''सुना है अफ़साने लिखते हो!'' चिक की आड़ से सवाल पूछा गया।

फर्श पर बिछी फटी दरी की ओर देखते हुए मैंने जवाब दिया—''जी हाँ, झूठ बोलने की आदत को अब पेशा...''

खिलखिलाहट सुनकर दानिशमंज़िल की कई खिड़कियाँ चरमराकर खुलीं। भुने हुए प्याज की गन्ध से कमरा भारी हो गया। और इसी गन्ध ने मेरे दिमाग में हाल की एक घटना की याद जगा दी।...एन.सी.सी. कैम्प के बावर्चीख़ाने में 'ज़हर-क़ातिल' की शीशी के साथ पकड़े गए उस मुसलमान नौजवान का नाम क्या था?

गुड़िया जैसी लड़की का नाम नग़मा है। वह एक प्याली चाय ले आई। मैं झूठ बोलना चाहता था, मगर बोल नहीं सका। चाय की प्याली हाथ में लेकर मैंने पूछा—''तो फ़ातिमादि...आप इतने दिन से...मेरा मतलब...आप न जाने कहाँ खो गईं?''

जवाब मिला, ''बहू को लेकर कब आ रहे हो?''

मैं आँखें मूँदकर चाय पी गया। मैं समझ गया, फ़ातिमादि मेरे सवाल का जवाब नहीं देना चाहतीं। मुझे अब थोड़ा सन्देह भी होने लगा, यह ख़ातून हमारी फ़ातिमादि नहीं, कोई और है।

मैं कुरसी छोड़कर उठा। नग़मा तश्तरी में पान ले आई। इस बार साफ़-साफ़ झूठ बोल गया, ''मैं पान नहीं खाता।''

चलते समय मैंने हिम्मत बाँधकर कह दिया, ''माफ़ करें। मुझे लगता है, आप हमारी वह फ़ातिमादि नहीं...।''

''तुमने ठीक समझा है, अज़ीज़!''

अज़ीज़? मैं फिर चौंका। याद आई, फ़ातिमादि मुझे अजीत नहीं, अज़ीज़

कहा करती थीं। मैं ख़ामोश खड़ा रहा और चिलमन के उस पार फिर एक खुली खिलखिलाहट खनक उठी।

दानिशमंज़िल की सीढ़ियों से उतरते समय मुझे लगा, इस पुरानी इमारत की हर ईंट मुझे नफ़रतभरी निगाह से देख रही है।...मैं उस नौजवान का नाम याद करने की कोशिश करने लगा, जिसने एक हज़ार कैडेट के भोजन में ज़हर मिला दिया था।

अमजदिया होटल के सामने दीवार पर एक उर्दू पोस्टर चिपकाया जा रहा है। मोटे हरफ़ों में लिखा हुआ है—'नेशनलिस्ट-मुस्लिम कनवेन्शन मुर्दाबाद!...गद्दारों से होशियार!'

उस नफ़रतअंगेज़ पोस्टर को पढ़कर एक मौलाना तैश में बड़बड़ाने लगा—''इन नद्दाफ के बच्चों ने रूई धुनना छोड़कर अब कौम को धुनना शुरू किया है। इन्हें सबक सिखाना होगा। नेशनलिस्ट के बच्चे!''

मुझे मितली आने लगी। रिक्शा पर बैठकर मैंने अपनी नाड़ी पर उँगली रखी। दिल ज़ोर-ज़ोर से धड़कने लगा। पसीने से देह तर-बतर हो गई।...चाय के स्वाद में थोड़ी तुर्शी थी न?...दाहिनी ओर जनरल हास्पिटल है और बायीं ओर पुलिस चौकी। सोचने लगा, पहले किधर जाना ठीक होगा।

किन्तु रिक्शावाले ने पूछा तो जवाब दिया, ''राजेन्द्र नगर ले चलो।''

एक कहानी-गोष्ठी में 'नई कहानी', 'अ-कहानी', 'आज की कहानी', 'आने वाले कल की कहानी' पर लगातार चार घण्टों तक चुपचाप वाद-विवाद सुनने के बाद सीधे घर लौटने की हिम्मत नहीं हुई। ऐसी हालत में गंगा के किनारे अथवा किसी बार में बैठकर ही अपने को ढूँढ़ना पड़ता है। लेकिन रिक्शावाले ने पूछा तो जवाब दिया, ''राजेन्द्र नगर चलो।''

गोल मार्केट के पास पहुँचकर हमेशा की तरह अपने फ्लैट और कमरे को दूर से ही देखा। अपने कमरे में रोशनी देखकर माथा ठनका—'अब कहाँ जाएँगे!'

दिल को कड़ा दिया—'कोई भी हो, माफी माँग लूँगा। कोई बहाना बनाकर विदा कर दूँगा।'

सीढ़ियों पर चढ़ते-चढ़ते मैंने सारी दुनिया की परेशानी ओढ़ ली। दुनिया से बेज़ार एक आदमी का मुखौटा चेहरे पर लगाकर दरवाज़ा खटखटाया। किन्तु दरवाज़ा खुला तो देखा पत्नी के मुखमण्डल पर खुशी की लाली बिखरी हुई है। मेरी लटकी हुई सूरत पर उसकी नज़र ही नहीं पड़ी। हुलसती हुई बोली, ''कहो तो कौन आए हैं?''

मुझे अवाक् होने का मौका नहीं मिला। हँसती-मुस्काती नग़मा ने आकर सलाम किया। पत्नी बोली, "ओ हो! तीन घण्टे से हम हँस रहे हैं।...तुम कहाँ थे?...और, तुम भी खूब हो! कभी बताया नहीं।"

"क्या नहीं बतलाया?" मैंने पूछा।

"यही कि तुम हिन्दू नहीं मुसलमान हो!" मेरे कमरे से आवाज़ आई।

देखा, फ़ातिमादि सारे फ्लैट को रोशन करके बैठी हैं। बुरका फ़र्श पर पड़ा हुआ है। बुरका नहीं, चित्थी और चीथड़े।

"यह कैसे हुआ? किसने...?"

पत्नी बोली, "और कौन...तुम्हारी दुलारी बेटी नौमी...जब तक बुरका नहीं उतारा, भौंकती रही। और जब बुरका उतारकर रखा तो दाँत से नोंच-नोंचकर छुट्टी कर दिया!"

"वह है कहाँ?"

देखा, फ़ातिमादि की गोद में आंचल के नीचे दुबककर बैठी है शैतान। कोई अपराध करने के बाद वह इसी तरह मुँह बनाकर बैठती है।

"गोदी से उतरती ही नहीं। गुर्राती है।" नग़मा बोली।

उन्नीस-बीस साल के बाद देखा, फ़ातिमादि जैसी की तैसी हैं। सिर्फ़, आँखों के पास कई नई रेखाएँ उभर गई हैं।

पत्नी की हँसी छलक रही थी रह-रहकर। किस्सा सुनाने लगी—नौमी को बाँधकर मैंने दरवाज़ा खोला। इन्होंने पूछा, 'अज़ीज़ हैं घर में?' मैं बोली, 'कौन अज़ीज़? अज़ीज़ नहीं, अजीत।' तो बोलीं—'अरे हाँ-हाँ, सुना है उसने अपने नाम का एक हरूफ़ बदलकर अपने को हिन्दू बना लिया है और एक बेचारी हिन्दू लड़की से शादी कर ली है।' मैं तो अवाक्...!"

"अच्छा! तो भाभीजान अब तक मुगालते में हैं। क्यों अज़ीज़? इस तरह किसी का धर्म बिगाड़ना कुफ्र नहीं तो और क्या? लेकिन मान गई तुमको। हो उस्ताद, बुतपरस्त बनने के बाद अपना देवता भी चुना तो एक ऐसे दाढ़ीवाले को जिसने कलमा पढ़कर..."

उन्हें श्रीरामकृष्ण परमहंस देव की मूर्ति की ओर इस तरह इशारा करते देखकर हम सभी ठठाकर हँस पड़े।

हँसी की हिलोरें थमीं तो मैंने पूछ लिया, "अच्छा, अब बताइए। आप कहाँ थीं? कहाँ हैं?"

"कब्र में थी, कब्र में हूँ!"

पत्नी रसोईघर में चली गई। मुझे लगा, अभी यह सवाल पूछना उचित नहीं हुआ।

फ़ातिमादि ने पूछा, "तुमने क्या सोचा था? पाकिस्तान चली गई है? है न?"

"आपने पालिटिक्स क्यों छोड़..."

"यह मुझसे क्यों पूछते हो? अपने उन नवाबज़ादों से कभी क्यों नहीं पूछा, जब रातोंरात 'देश भगत' बनकर कांग्रेस के ख़ेमे में दाख़िल हो गए...बग़ल में छुरी दबाकर! अपने नेताओं से क्यों नहीं जवाब तलब करते? कल तक गाँधी-जवाहर-पटेल को सरेआम गालियाँ देने वाले, कौमी झण्डे को जलाने वाले फिरकापरस्त लीगियों की इज़्ज़तअफ़ज़ाई की गई और मुल्क के लिए कटने-मिटने वालों को दूध की मक्खियों की तरह निकालकर फेंका!...तुम खुद अपने से यह सवाल क्यों नहीं पूछते?..." फ़ातिमादि का चेहरा लाल हो गया। मुझे खुशी हुई। मैंने टोका—"लेकिन, आपका इस तरह ख़ामोश हो जाना..."

"ख़ामोश?" लगा, सिंहनी तड़प उठी—"इन ज़ालिमों ने मुझ पर क्या-क्या कहर ढाए, यह तुम्हें क्या मालूम?...और हमने किस दरवाज़े की कुण्डी नहीं खटखटाई। मगर, दिल्ली से पटना तक के खुदावन्दों ने मुझे अक्ल की दवा करने की सलाह दी। शादी करके बच्चे पैदा करने की नसीहत दी। और आख़िर में धमकियाँ...ओह...अज़ीज़।...''

फ़ातिमादि का गला भर आया। पत्नी न जाने कब आकर खड़ी हो गई थी। बोली, "तुम भी अजब आदमी हो...।"

नौमी, जो अब तक दुबककर बैठी थी, फ़ातिमादि के चेहरे को सूंघकर कुंई-कुंई करने लगी।

"अब भी लोगों को होश नहीं हुआ है। इन्हें सिर्फ अपनी गद्दी की फिक्र है। देश जहन्नुम में जाए। इन्हें क्या?" फ़ातिमादि की बोली में गहरी पीड़ा उतर आई थी—"तुम...तुम...अफ़साने लिखते हो न?...याद है, आज़ादी के पहले जिन तरक्कीपसन्द अदीबों, नज़्मों और अफ़सानों में हिन्दू-मुस्लिम इत्तहाद की बातें, मानवता की दुहाई और न जाने क्या-क्या ठुँसी रहती थीं, आज़ादी के बाद अचानक उनकी बोलियाँ बन्द ही नहीं, बदल गई...। अव्वाम की कसमें खाने वाले टुकुर-टुकुर देखते रहे और फ़िरकापरस्त अज़दहों ने पूरी कौम को लील लिया।...''

पत्नी ने टोका—"फ़ातिमादि, खाना ठण्डा हो जाएगा।"

टाउनहाल में नेशनलिस्ट-मुस्लिम कान्फ्रेन्स की तैयारी धूमधाम से हो रही है। देश

के कोने-कोने से प्रतिनिधियों के आने की ख़बरें छप रही हैं। और इन्हीं खबरों के साथ मोटी सुर्ख़ियों में इस कान्फ्रेन्स की मुख़ालिफ़त के समाचार भी छपते हैं। रोज़ दोनों ओर से सैकड़ों नामों के साथ बयान शाया होते हैं।...विरोधियों का कहना है कि कोई ग़ैरनेशनलिस्ट नहीं, सभी मुसलमान नेशनलिस्ट हैं। और अपने को नेशनलिस्ट कहने वाले खुलेआम कहते हैं कि पुराने मुस्लिमलीगियों के दिल-दिमाग में फ़िरकापरस्ती का ज़हर है। उन पर यकीन नहीं किया जा सकता। बहुत दिन से किसी राजनैतिक जलसे में शरीक नहीं हुआ था। किन्तु इस बार अपना 'कर्तव्य' समझकर इस सम्मेलन में सम्मिलित होने के लिए पहुँचा। किन्तु वहाँ का दृश्य देख फुटपाथ पर ही ठिठककर खड़ा रहा।

टाउनहाल के सामने सड़क के दोनों ओर हज़ारों लोग खड़े नारे लगा रहे थे। गालियाँ, नारे और रह-रहकर रोड़े और पत्थरों की बौछार!

पुलिस के सिपाही चुपचाप कतार बाँधकर खड़े थे, क्योंकि प्रदर्शनकारियों की रहनुमाई 'कुलीन मुस्लिम' नेताओं के साहबज़ादे और बड़े अफ़सरों के लड़के कर रहे थे। मुझे लगा, हम फिर सन् 1947 साल में लौट गए हैं। हवा में फिर वही जुगनू, वहीं नारे, वही नज्जारे, वही चेहरे!!

"लेना! लेना! जा रहा है। काफ़िर का बच्चा!"

"तड़तड़ाक। तड़तड़ाक्!"

"यह रहा हरामख़ोर! मारो साले को!"

"सुअर की औलाद!"

"तड़तड़ाक्!"

अब वे हर डेलीगेट को पकड़कर पीटने लगे। उत्तेजना की लहरें तेज़ होती गई। नारे, गालियों और रोड़ों की वर्षा ज़ोर-शोर से होने लगी।

"महात्मा गाँधी की जय!"

एक महीन किन्तु तेज़ आवाज़! हठात् सब कुछ रुक गया। लोगों ने देखा, अंजुमन इस्लामिया हॉल के प्रवेश द्वार—अब्दुल बारी दरवाज़ा—के सामने एक औरत खड़ी नारे लगा रही है।

फ़ातिमादि! मुझे अपनी आँखों पर विश्वास नहीं हुआ। देखा, फ़ातिमादि ही हैं।

"कौन है यह औरत!"

"कोई हिन्दू...?"

"अरे नहीं, पहचानते नहीं। यह वही कुतिया है...।"

''फ़ातिमा!...साली फिर कहाँ से आ गई?''

''कुत्ती।''

पागलों का एक जत्था नाचता, अश्लील गालियाँ देता हुआ फ़ातिमादि की ओर झपटा। फ़ातिमादि मुस्कराती खड़ी रही। देखते-ही-देखते दरिन्दों ने उनको ज़मीन पर पटक दिया और बाल पकड़कर घसीटना शुरू किया। दोनों ओर खड़ी भीड़ ने तालियाँ बजाई—शाबाश! जब तक पुलिस के सिपाहियों की टुकड़ी पहुँचे उन्होंने फातिमादि के सभी कपड़े उतार लिए थे।...मैं इससे आगे और कुछ नहीं देख सका।

कई दिन के बाद बहुत हिम्मत बाँधकर हम दोनों अस्पताल में फ़ातिमादि को देखने पहुँचे।

केबिन के दरवाज़े के पास ही नग़मा खड़ी मिली। हमें देखते ही बिलख-बिलखकर रोने लगी।

''जानवरों ने फ़ातिमादि के चेहरे पर एसिड की शीशी उंड़ेल दी थी। चेहरा झुलसकर काला हो गया। एक आँख ख़राब हो गई।...हाथ की हड्डी टूट गई है।''

आहट पाकर उनके ओठ थरथराए। शायद मुस्कराने की कोशिश कर रही हैं। फिर धीमे स्वर में बोलीं—''दुर पगला। यहाँ रोने आया है? जलवा देख।...भाभी। कल सूजी का 'पायस'...क्या कहते हैं उसको...परमान्न...बनाकर ले आना। नौमी को भी साथ लाना।''

फ़ातिमादि को कभी इस तरह देखूँगा, इसकी कल्पना भी नहीं की थी हमने।

●

आत्म-साक्षी

भात की हांडी से उबले हुए आलुओं को निकालकर छील रहा था गनपत कि बाहर किसी ने खखारकर अपने आने की सूचना दी—सूचना नहीं, चेतावनी। उसने पूछा, ''कौन है?''

''कौन है अन्दर? गनपत जी?...इधर आफ़िस में अँधेरा क्यों है? लालटेन दे जाइए इधर।''

गनपत को अचरज हुआ। कामरेड बलराम जी कब आए पटना से? और कामरेड लोग अभी रेली से लौटे नहीं। बलराम जी कब और कैसे लौट आए?

उसने आलू की कटोरी को थाली से ढँक दिया, और लालटेन लेकर बाहर आया।

''लाल सलाम, साथी! कहिए, रेली का कुशल-समाचार?''

बलराम का लटका हुआ मुँह देखकर गनपत का हुलसा हुआ मन अचानक बैठ गया। बलराम की विकृत मुख-मुद्रा को देखकर उसका जी धड़का...लक्षण अच्छे नहीं।

''आफ़िस खोलिए ज़रा।''

गनपत ने मन-ही-मन कहा, ''ज़रा क्यों? पूरा ही खोल देता हूँ। मुँह-बन्द नाक इस तरह सिकोड़कर क्यों बतियाते हैं?...पटना एक बार पहुँचते ही साथियों को न जाने क्या हो जाता है।''

उसने ऑफ़िस नामक झोंपड़ी का दरवाज़ा खोल दिया। कई दिन से बन्द कमरे से एक गुमी हुई गन्ध निकली। लालटेन की रोशनी दो-तीन बार झुक-झुकाकर काँपने लगी।

बलराम जी ने अपने मुँह को और भी बिगाड़कर कहा, ''लालटेन में तेल है या पानी? एक चिमनी क्यों नहीं ख़रीद लेते?''

गनपत को भात की याद आई। ठंडा भात वह नहीं खा सकता। खाते

ही 'बाय' उखड़ जाता है। उसने रसोईघर की ढिबरी जलाते हुए कहा, "तेल और चिमनी की बात पूछते हैं कामरेड, तो पहले हमको भोजन कर लेने दीजिए, तब जवाब देंगे।...आप चाह-चू पीजिए, तो बोलिए पानी चढ़ा दें। चूल्हे में आग है। पुड़िया में थोड़ी पत्ती और काग़ज़ी नींबू भी है।"

चूल्हे पर एल्यूमीनियम की काली देगची चढ़ाकर गनपत ने जलावन को धधकाया, और आलू निकालकर छीलने लगा।...आलू का भुर्ता और गरम-गरम भात। गनपत के लिए इससे बढ़कर लोभनीय पदार्थ इस संसार में और कुछ नहीं। कुसमी कहवी है कभी-कभी; "भतखौका मरद'। और गनपत हँसकर जवाब देता है, "भतारखौकी!" बलरामजी ने 'खखार' कर चेतावनी दी थी उस समय। यदि अन्दर कुसमी होती उस समय, तो गनपत का चेहरा लाल हो जाता, और वह ज़ोर-ज़ोर से बेवजह कुसमी को डाँटने लगता—"काम करने का मन नहीं है तो छोड़ दो। जैसे तुम्हारा बेटा कामचोर, वैसी ही तुम।" कुसमी हँसती हुई, घूँघट के नीचे से जवाब देती...

भुर्ता बनाते समय गनपत को आज के अख़बार में पढ़ी हुई बात याद आई, 'हमारे जवानों ने दुश्मनों के टैंकों का भुर्ता बना डाला...'

तेल, प्याज, मिर्च और धनिया की कतरी हुई पत्ती को भुर्ता में मिलाकर उसने गोला तैयार किया। पीतल की चमकती हुई थाली में भात डालते समय भाप की महक उसके तन-मन में समा जाती है। भात की यह ललचाने वाली गंध उसे सबसे पहले सन् तीस में लगी थी—स्वयंसेवक शिविर में। तब से आज तक न जाने कितने आश्रम, शिविर, रैली, सम्मेलन और जेलों के सामूहिक भोजनालयों में गनपत ने पत्तल जूठा किया है, मगर ऐसी गन्ध क्या हर जगह और हर रोज़ मिलती है?

तृप्तिपूर्वक पेट भर भोजन कर लेने के बाद गनपत ने जूठी थाली और जूठे चौके को मांज-धोकर पवित्र किया। सुबह कुसमी आकर चिकनी मिट्टी से लीप-पोत देगी। उसने पुकारकर कहा, "शोभित लाल! भात ले जा।"

काठ के बक्स से प्याली निकालकर बलरामजी के लिए नींबूवाली चाय तैयार की गनपत ने। फिर भुने हुए सौंफ की बुकनी मुँह में डालकर, हाथ में चाय की प्याली लेकर वह आफिसघर में आया। सौंफ़ की बुकुनी के अलावा किसी किस्म की लत नहीं है गनपत को। न बीड़ी-सिगरेट पीता है, न पान-तम्बाकू खाता है।

चाय की पहली चुस्की लेते ही बलरामजी का बिगड़ा हुआ मुखड़ा सुधर

गया। चमड़े के थैले में काग़ज-पत्तर डालते हुए बलरामजी ने पूछा, ''आप खुद क्यों खाना बनाते हैं? शोभित की माँ क्या करती हैं?''

गनपत कूटभरी बोली का मतलब समझता है। अर्थात् तीन रुपये महीना शोभित को और पाँच रुपये माहवार उसकी माँ कुसमी को किस काम के लिए दिए जाते हैं?

बलरामजी ने दूसरा सवाल किया, ''तब?...इधर कुछ चन्दा-फन्दा वसूल हुआ है, या...''

गनपत ने डकार लेते हुए कहा, ''वही तो कह रहा था, कामरेड...''

बलराम ने टोक दिया, ''देखिए, आप इस तरह बात-बात में कामरेड जोड़कर क्यों बोलते हैं?''

''कामरेड को कामरेड न कहें तो क्या कहें? और यह कुछ नयी बात तो नहीं। सन् तीस से ही जब से पार्टी का 'प्लेज' लिया, तभी से कामरेड...''

''तब की बात छोड़िए। आजकल कोई नहीं बोलता...आपकी बोली सुनकर लोग हँसते हैं, इसी के चलते।''

''इसमें हँसने की क्या बात है?''

''ख़ैर, बहस छोड़िए। आपसे बहस में कौन पार पाएगा। हाँ, तो क्या कह रहे थे आप चन्दा के बारे में?''

''कहना क्या है। पिछले छह महीने से साहू की दूकान का बकाया बढ़ते-बढ़ते ढाई सौ पर पहुँच गया है। जिला रैली के समय टीसन के मारवाड़ी का पचास रुपया बकाया अब तक चुकता नहीं हुआ। पाट के समय चन्दा की उम्मीद थी। मगर भुखमरी के समय कौन माँगता है, और कौन देता है चन्दा? अब धान का समय आया है तो सभी कामरेड साथी महीना भर से 'फिड़ाड़' हैं।...''

बलराम चौंका—''फ़िरार? कौन है फ़िरार?''

गनपत मुस्कराकर बोला, ''फिड़ाड़ माने वह फिड़ाड़ नहीं। माने अभी सभी कामरेड क्षेत्र से बाहर हैं।''

बलरामजी गम्भीर हो गए। उठते हुए बोले, ''गनपतजी, आप ठीक कहते हैं। लगता है, सभी अब फ़िरार हो जाएँगे।''

''मतलब?''

''मतलब आप समझकर क्या कीजिएगा? वह सब 'हाई लेवेल' और सिद्धान्त की लड़ाई की बात आप क्या समझिएगा?''

गनपत और कुछ समझे या नहीं, आदमी के मन की बात को पढ़ना जानता

है। बलरामजी की बात में उसको एक खास किस्म की 'झांस' लगी।...आलू के भुर्ते में ख़राब तेल की गंध।

हाई लेवेल। बलराम अंग्रेज़ी पढ़ा-लिखा नहीं है तो क्या? सैकड़ों अंग्रेज़ी के शब्दों का मतलब वह समझता है। बोलता है—कैपिटलिस्ट, बुर्जुआ, प्रोलेतारियत, कुलक, रिएक्शनरी, गाँधियाइट, पीस पार्टी लिटरेचर और भी अनेक शब्द।

बलरामजी ही नहीं, सभी 'नये कामरेड' गनपत को तीन कौड़ी का आदमी भी नहीं समझते हैं। अभी साथी ज़ियाउद्दीन या शैलेन्दर जी अथवा गोपाल जी होते तो क्या किसी रैली से या मीटिंग से लौटकर इसी तरह मुँह लटकाकर, भौंहें चढ़ाकर बातें करके घर चले जाते—बीवी के पास सटकर सोने? ऑफ़िस सेक्रेटरी बलरामजी का जब से गौना हुआ है, सूरज डूबने के पहले ही ऑफ़िस बन्द करके घर भाग जाते हैं।

इधर कई वर्षों से गनपत को लगता है कि हर तरफ एक मनहूसियत घनी होकर छा रही है। कहीं किसी के मन में किसी बात के लिए उत्साह नहीं। आख़िर यह रोग गनपत की 'पार्टी' को भी लग गया? इस बार ज़िला कान्फ़्रेंस में वह जी खोलकर इस सवाल को पेश करेगा।

वह जानता है कि सवाल पेश करने के लिए वह ज्योंही उठेगा, 'नवतुरिया' कामरेड लोग आपस में फुसफुसाकर मुस्कराने लगेंगे, कपट-खाँसी खाँसेंगे, और कोई-कोई चिल्लाकर कहेंगे, 'कामरेड गनपति! यह सवाल कलचरल प्रोग्राम के समय स्टेज पर पेश कीजिएगा।'

"हूँ। स्टेज पर। स्टेज..."

उँगलियों पर जोड़ने की ज़रूरत नहीं। गनपत का सब-कुछ जोड़ा हुआ है। पैंतीस साल पहले वह सबसे पहले आर्यसमाजी सभा मंच पर खंजड़ी बजाकर 'अछूतोद्धारवाला गीत' गाने के लिए खड़ा हुआ था।

उस सभा की याद आते ही परबतिया की याद आ जाती है। जिस हाथ का पानी पीने से जाति मारी जाए, प्रेम में पड़कर गनपत ने 'नीच कुल' की उसी परबतिया के मुँह का 'चुम्मा' लिया था। 'सत' किया था—सब कुछ छूट जाए, परबतिया को वह कभी नहीं छोड़ेगा। जाति समाज के अलावा घर के लोगों ने गनपत को तरह-तरह की यातनाएँ दीं। गनपत ने हारकर आर्यसमाज के मन्त्री के पास अर्ज़ी दी। लेकिन तब तक परबतिया का बाप परिवार सहित गाँव छोड़कर भाग गया था।

गनपत फिर लौटकर घर नहीं गया, गाँव नहीं गया। माँ-बाप, भाई-बहन,

कुटुम्ब-परिवार, गाँव-समाज सबसे 'नेह-छोह' तोड़कर 'देश' और 'दस' के काम में लग गया। जहाँ कहीं भी सभा होती, गनपत सबसे पहले हाथ में खंजड़ी लेकर गीत शुरू कर देता—'हिन्दुओ! दिल में सोचो, विचारो ज़रा—अपने भाई से नफ़रत...''

और सन् तीस में इसी गीत को गाने के अपराध में वह पकड़ा गया, जेल गया, सज़ा भोगी। उसी बार जेल में ही सरमाजी की कृपा से वह कामरेड हो गया...

सरमाजी ने उसकी 'टिक्की' को दाढ़ी बनाने वाली 'पत्ती' से कतर दिया था, और जनेऊ को उतारकर पैजामा में फँसा दिया था। और बोले थे, ''आज से तुम कामरेड गनपत! सिंघ-उंघ कुछ भी नहीं। सिर्फ कामरेड...''

याद है, बावनदास और चुन्नीदास ने मिलकर गनपत को कितना 'घिरकारा' था। मगर वह टस-से-मस नहीं हुआ। उसने बावनदास को चिढ़ाने के लिए सरमाजी से सीखा हुआ सवाल पेश कर दिया था—''बावनदास जी, चरखा चलाने और बकरी का दूध पीने से सुराज कैसे मिलेगा, समझा दीजिए ज़रा।''

जेल से निकलने के बाद सारे ज़िले में गनपत ही अकेला 'पार्टी कामरेड' रहा कई वर्षों तक। एक ही साल में बिहार प्रांत के कई 'किसान-फ्रंट' और मज़दूर मोर्चों पर पहुँचकर गनपत ने मेहनकशों की लड़ाई में साथ दिया, नारा लगाया, धरना दिया, खंजड़ी बजाकर गीत गाए, 'अछूतोद्धारवाले गीत' के बदले सरमाजी का सिखाया हुआ 'अन्तर्राष्ट्रीय गीत' गाया—उग रहा है आफ़ताब, लाल-लाल आफ़ताब...जाग रे किसान भाई, जाग! जाग रे मज़दूर भाई जाग।...

वैष्णव माँ-बाप का बेटा गनपत। जन्म से वैष्णव था। जिसको कहते हैं 'गर्भदास'। सो सरमाजी ने जब परीक्षा ली तो वह खरा उतरा।...मुर्ग़ी का अंडा नहीं, बिना किसी घृणा और संकोच के वह 'मुर्ग़मुसल्लम' खा गया था। सरमाजी बोले थे, ''शाबाश कामरेड! तुम जन्मजात इंकलाबी हो।''

स्कूल कॉलेज के फेलियर लौंडे-लहेंगड़े क्या समझेंगे कि कामरेडशिप किसको कहते हैं।...डेहरी आफिस में सात साथियों के बीच बस दो पाजामे, तीन हाफ़-पैंट और एक ही धोती। और उसी में सभी साथी मज़े में काम चला लेते थे। सप्ताह-भर सत्तू घोलकर पीते थे, प्रेम से मिल-जुलकर।...अब तो हर रैली के समय खाने के समय पत्तल पर ही 'इन्कलाब' छेड़ देते हैं साथी लोग—''यह क्या बात है? कोई खाये पुआ-पूड़ी, कोई भूजा फाँके? अन्याय है। जुल्म है।''

आज किसी साथी से सभा का ऐलान करने को कहिए, बिना जीप और

लाउडस्पीकर के तुरन्त तमककर जवाब देगा, ''हम क्या 'भोलटियर' हैं?'' अपनी सभा का ऐलान करने में इन्हें लाज आती है। पार्टी का झंडा कंधे पर लेकर चलने में इज़्ज़त चली जाती है। गनपत ने अकेले ढोल बजा कर मुनादी और ऐलान किया है—''भाइयो! देश की गरीबी को दूर करने के लिए, पूँजीवादी का ख़ात्मा करके किसानों और मज़दूरों का राज कायम करने के लिए, आज चार बजे दिन में...''

और गनपत नहीं होता तो उस गाँव में यह 'शहीद किसान आश्रम' कभी खुलता भी? तीन-तीन नामी जुल्मी और ज़ालिम ज़मींदारों के इस खुनियाँ इलाके में किसी पार्टी का 'वर्कर' कभी खाँसी करने के लिए भी नहीं आता था—डर के मारे। दिन-दहाड़े मारकर लाश को ग़ायब कर देने वाले तीनों ज़मींदारों की आठ सौ एकड़ ज़मीन पर 'बकाश्त संघर्ष' छेड़ने का प्रस्ताव पास करके 'पार्टी' चुपचाप महीनों बैठी रही। न किसी बहादुर कामरेड का कदम कभी आगे बढ़ा, और न कोई क्रान्तिकारी किसान आगे आया। तब गनपत ने ही बीड़ा उठाया था।...ज़मींदार के सिपाहियों ने अपनी समझ में मारकर फेंक दिया था। मगर गनपत मरते-मरते जी गया था। होश में आते ही वह अस्पताल में नारा लगाने लगा था—'बकाश्त आन्दोलन ज़िन्दाबाद! बिसनपुर के किसान जिन्दाबाद।''—आदि। गनपत उस दिन घायल होकर अस्पताल नहीं पहुँचता तो मामला 'बकाश्त बोर्ड' में कभी नहीं जाता। आठ सौ एकड़ ज़मीन मुफ्त में जीतने के बाद बिसनपुर के किसानों ने दो एकड़ ज़मीन मिल-जुलकर आश्रम खोलने के लिए दी—सो भी बहुत कहने-सुनने और धिक्कारने पर।

आश्रम जब से खुला है, ज़िले-भर में कामरेड शुरू अगहन में ही बोरे-बोरियाँ लेकर पहुँच जाते हैं—धान वसूली के लिए, किसी को बहिन ही शादी में मदद चाहिए, किसी को घर-खर्च के लिए। गनपत को एक ही साथ अपने इलाके की लाज और पार्टी कामरेडों की इज़्ज़त रखनी पड़ती है।

ज़िले-भर में बस यही एक क्षेत्र है, जहाँ से पार्टी का उम्मीदवार विधान सभा के लिए विजयी हुआ—सिर्फ इसी आश्रम की महिमा से। लालटेन भुक-भुकाकर बुझ गई। गनपत के मन में अचानक 'निरगुन' की एक कड़ी गूँज गई—तेरो जनम अकारथ जाय मूरख...

गनपत ने सपने में देखा—चोर पार्टी ऑफ़िस का बक्सा उठाकर भागा जा रहा है। उसने ज़ोर से पुकारने की चेष्टा की : चो-ओ-ओ-ओ! चो-चो-चो-चो!...

गनपत का सपना झूठ नहीं, सच साबित हुआ।

सुबह कामरेड चंद्रिकाजी ने आकर महा अशुभ समाचार सुनाया, ''पार्टी दो टुकड़ों में बंट गई।''

गनपत को लगा, कामरेड चंद्रिका के मुँह से निकली हुई बात ने वज्रपात कर दिया। काग़ज़ात, चंदा-बही, रसीद-वाउचर, मोहर, सब कुछ ग़ायब। गनपत ने कहा, ''कल पहली पहर रात में कामरेड बलराम आए थे...''

गनपत की बात पूरी भी नहीं हो पाई थी कि कामरेड चंद्रिका ने उसके गाल पर कसकर तमाचा जड़ दिया। वह तिलमिलाकर कुछ कहना चाहता था, मगर कामरेड चंद्रिका चिल्लाने लगा—''आखिर आपको यहाँ किस काम के लिए रखा गया है? चंदा वसूलकर पेट पालने के लिए सिर्फ! आप जानते नहीं थे कि बलराम डिसिडेंट, माने बागी मेम्बरों के साथ है? ऐं?''

''नहीं जानता था।'' गनपत ने सीधा और सही जवाब दिया, ''कौन बागी, और कौन दागी, यह मुझे क्या मालूम?''

''आप गद्दार हैं!'' चंद्रिका ने उँगली उठाकर पिस्तौल का निशाना लेने के लहज़े में कहा, ''आपने पार्टी के साथ गद्दारी की है। आप मक्कार हैं।''

एक से एक तेज़ और नुकीली गाली गनपत की देह में धँसती जा रही है। आस-पास गाँव-भर के लोग—औरत-मर्द—जमा हो गए हैं।...ग़द्दार, मक्कार! फटकार!

कामरेड चंद्रिका ने चलते समय चेतावनी दी, ''इसका नतीजा बाद में जो कुछ भी हो, मैं अभी आपको बरखास्त करता हूँ। चले जाइए।...''

कामरेड चंद्रिका के जाते ही कामरेड बलराम अपने नये साथियों के साथ आया। गनपत की डबडबाई हुई आँखें झरने लगीं।

बलराम ने कहा, ''कामरेड गनपत, रोइए मत। बहादुरी से इन डिक्टेटरशाहों का मुकाबला करना होगा। पेटी-बुर्जुआ के बच्चों ने पार्टी को अपनी ज़मींदारी समझ लिया था।''

गनपत ने भर्राई आवाज़ में कहा, ''कामरेड बलराम जी, आपने ऐसा काम क्यों किया? यदि जानता कि आप पार्टी ऑफ़िस में सामान लेने आए हैं, तो हरगिज़...''

बलराम के बदले में इस बार बोला अकालू महतो का अधपगला बेटा सुधीर महतो, ''गनपत जी, आप डूबकर पानी पीते हैं और समझते हैं कि बात छिपी हुई है। पार्टी ऑफ़िस चदिन-रात बेवा, मुसम्मात के साथ इश्कबाज़ी करने के लिए नहीं बना है।''

गनपत अब बेपानी हो गया। आम जनता के बीच उसकी इज़्ज़त उतर गई। उसको नंगा कर दिया सुधीर महतो ने। वह ग़द्दार है, मक्कार है, बदचलन है। अब क्या रह गया है देखने-सुनने को।

बलराम ने जाते समय लाल रंग के पर्चों का एक बंडल देकर कहा, ''आज हाट में, स्टेशन पर, हर जगह पर्चा बंट जाना चाहिए। समझे?''

गनपत अपनी झोंपड़ी के अन्दर चला गया और बिछावन पर कटे हुए पेड़ की तरह गिर पड़ा। उसकी देह के रोम-रोम में गालियाँ गड़ रही थीं। उसने लाल पर्चे को टटोलकर पढ़ना शुरू किया। पार्टी के कई बड़े लीडरों ने जनता को सावधान किया है—किसान-मज़दूरों के नाम पर, पूँजीपतियों की थैली से पार्टी चलवाने वाले धोखेबाज़ों से होशियार।...

इससे आगे एक शब्द भी नहीं पढ़ सका वह। गाली-गलौच, कीचड़-गोबर।... सब गुड़-गोबर। गनपत के पेट में पित्त का प्रकोप शुरू हुआ। अब 'बाय' भी ज़ोर मारेगा। हाँ, मिचली आने लगी।

कौन असली, कौन नकली? कामरेड चोरघड़े या कामरेड जादव? पिछले साल प्रान्तीय किसान सभा का सभापतित्व करने आए थे चोरघड़े जी। स्वागत-भाषण में जादव जी ने उनकी कितनी तारीफ़ की थी...सब झूठ। चोरघड़े जी ने बिहार की पार्टी को देशद्रोहियों का दल कह दिया है इस पर्चे में।

गनपत ने तय किया कि वह पटना जाएगा, दिल्ली जाएगा। हर जगह के बड़े और छोटे साथियों से मिलकर बातें करेगा, रोएगा, कलपेगा, जनता की दुर्दशा की कहानियाँ सुनाएगा। खंजड़ी बजाकर गीत गाएगा—''भैया, झगड़ न जाहु कचहरिया... ।''

जादवजी और चोरघड़े केन्द्रीय पार्टी आफ़िस के सामने लड़ रहे हैं। तलवार लेकर एक-दूसरे पर हमला करते हैं, और गनपत उन दोनों के बीच जाकर खड़ा हो जाता है—''शान्ति, शान्ति!'' मगर दोनों की तलवार गनपत की गर्दन पर।

गनपत की आँखों के आगे पन्द्रह साल पहले देखे हुए किसी नाटक का दृश्य उपस्थित हुआ, फिर बिला गया। उसकी देह रह-रहकर सिहरने लगी। मलेरिया बुखार चढ़ने के पहले ऐसी ही सिहरन और कँपकँपी देह को झिंझोड़ जाती है।

गनपत ने कम्बल ओढ़ लिया, कै किया, सौंफ की बुकनी मुँह में डालकर लेट गया। सिहरन के बाद तेज़ बुख़ार के साथ 'बाय'। वह बकने लगा। चालीस साल के बाद—देश से मलेरिया उन्मूलन के बाद गनपत पहली बार बीमार पड़ा

है। इस बीच कभी सिरदर्द भी नहीं हुआ। उसके मुँह से पहली करुण पुकार निकली—''मैया—गे-ए-ए-ए। पारवती—ई-ई-ई।''

उसने देखा, सरमाजी आए हैं, हाथ में लाल-लाल सेब और नारंगी लेकर फल का रस निकालकर गनपत से कहते हैं—'पी लो कामरेड! कलेजा ठंडा हो जाएगा।' गनपत एक घूँट पीता है। उसका गला जलने लगता है। कड़वा ज़हर।

परबतिया आई। पैताने में बैठकर पाँव सहलाने लगी। मगर गनपत के बड़े भाई और बाबूजी हाथ में माला लेकर आए, और आँखें तरेरने लगे।

रेशम मज़दूर यूनियन, भागलपुर की हड़ताल। गनपत खंजड़ी बजाकर जुलूस के आगे गा रहा है—'दुनिया के मज़दूरो एक हो...'

पुलिस आंसू-गैस छोड़ती है। घुड़सवार सिपाही घोड़े को दौड़ाता, हड़तालियों को चाबुक से पटापट पीटता, रौंदता, धूल उड़ाता हुआ चला जाता है।

गनपत जेल के एक गन्दे सेल में पड़ा हुआ है। सिर पर पट्टी बँधी हुई है। परबतिया—परबतिया-परबतिया—पारो-ओ-ओ।...

सात दिन सताने के बाद सत्या का बुखार उतर गया। अस्पताल के डॉक्टर साहब ने जी-जान से इलाज किया। कुसमी कह रही थी—''दो-दो 'जकशैन' एक साथ देते थे डागडर बाबू।'' और इसी डॉक्टर के ख़िलाफ़ गनपत ने, बलराम के कहने पर, पर्चा छपवाकर बँटवाया था—बिशनपुर अस्पताल के जुल्मी डॉक्टर को जल्दी बर्ख़ास्त करो।

सिर्फ सात दिन का बुखार नहीं, गनपत को लगता है, पैंतीस साल से चढ़ा हुआ ज्वर आज उतरा है। इतने दिनों तक एक 'अंध सुरंग' में वह चल रहा था—बेमतलब, बेकार, अकारथ।

कुसमी गरम दूध में धान का लावा डालकर ले आई। ''डागडर साहब बोले हैं कि पथ्य में मांगर मछली चाहिए। शोभित को भेज दिया है। सांझ होते-होते एकाध सेर मछली ज़रूर ले आवेगा।''

फिर कुसमी बोली, ''सात दिन में गाँव का बच्चा-बच्चा आकर देख गया, कुशल पूछ गया। मगर कोई 'साथी कामरेड' झाँकी मारकर देखने के लिए भी नहीं आया। कल बलराम बाबू आकर कह गए हैं कि गनपत को अपने घर ले जाओ। पाटी ऑफ़िस खाली कर दो। उसको बरखास्त कर दिया गया है।''

परिवार, जाति, धर्म, समाज, सरकार और हर अन्याय, अत्याचार से हमेशा

लड़ने वाला लड़ाकू गनपत आज अखाड़े में हारे हुए पहलवान की तरह पड़ा हुआ है। सभी उसकी पीठ पर एक लात लगाकर गाली देकर चले जाते हैं।...पैंतीस साल तक साधु-संन्यासियों की तरह लंगोटबन्द रहकर, जीभ-मुँह और मन में लगाम लगाकर, उसने पब्लिक का काम किया। किसी का एक तिनका न चुराया, न पाटी का एक पैसा गोलमाल किया। माँ-बाप, भाई-बहन, गाँव-समाज और परबतिया से भी बढ़कर पाटी और पाटी के झंडे को प्यार किया। सब बे-का-र।...

गनपत को लगता है कि सूरज में भी दरार पड़ गई है। दुनिया की हर चीज़ आज दो भागों में बंटी हुई-सी लगती है। हर आदमी के दो टुकड़े, दो मुखड़े और दरका हुआ दिल।

जिन बातों को आज तक पूँजीपतियों और साम्राज्यवादियों और जंगबाज़ों की बात समझकर अनसुनी कर देता था, आज वे ही बातें बार-बार याद आती हैं।...

गनपत, तुम्हारे लीडर लोग, यानी तुम्हारी पार्टी जाति और धर्म को अफ़ीम कहती है : मगर तुम्हारे लोग अपने बच्चे-बच्चियों की शादी किसी दूसरी जाति में क्यों नहीं करते! लड़के की शादी में कामरेड रामलगन सरमा ने पच्चीस हज़ार रुपये तिलक में गिनवा लिया। तुम्हारे लीडरों के बच्चे दार्जिलिंग और देहरादून में पढ़ते हैं। तुम्हारे सेक्रेटरी की बीवी कांग्रेसी मिनिस्टर होने के लिए जाति की गुटबन्दी करती है। तुम्हारे तूफानजी ने मिल-मालिक से मिलकर मजदूरों की गर्दन पर छुरी...

गनपत के सामने एक-से-एक बड़े कामरेड की तस्वीर उभरती है। चोरघड़ेजी, जादवी, गोपालजी, सिनहा साहेब, ठाकुरजी, तूफानजी। सभी तस्वीरों के मुँह से बस एक ही बात निकलती है—'हम ग़लत रास्ते पर थे।...'

एक अन्ध-सुरंग से बाहर निकलकर गनपत बेदम पड़ा हुआ है। उसके पीले मुखड़े पर उसकी खिचड़ी मूँछ लटकी हुई है।...पैंतीस साल तक वह ग़लत रास्ते पर ग़लत दिशा की ओर चलता रहा। न जाने उसने कितनी गलतियां कीं। न जाने कितने लोगों को गुमराह किया।

यदि परबतिया का पेट गिराया न जाता तो उसकी सन्तान पैंतीस साल की होती। यदि बेटा होता तो बलराम की उमर का होता अब।

परबतिया को उसने धोखा दिया। पहली गलती, जिसका फल वह आज तक भोग रहा है।

कुसमी पिछले पाँच साल से गनपत से प्रेम-भाव का बरताव करती है। गनपत सब कुछ समझकर भी कुछ नहीं समझने का भाव दिखलाता है। मगर बेवा कुसमी

सती नारी की तरह टुकुर-टुकुर उसका मुँह देखती रहती है। तिसपर अकालू महतो का पियक्कड़ बेटा ताना मार गया—'बेवा मुसम्मात के साथ इश्कबाज़ी...?'

कुसमी भरथा नाई को बुला लाई। हजामत बनाते समय कुसमी ने कहा, ''मूँछ भी छाँट दो। दूध-बार्ली पीते समय लस्टम-पस्टम हो जाती है।—''

आलू का भुर्ता और गरम भात खाकर मुँह का कसैलापन दूर हुआ। सौंफ़ की बुकनी मुँह में डालकर, उसने आईने में अपना मुखड़ा देखा।...आश्चर्य! उसका मुँह ठीक उस मरियल घोड़े की तरह लम्बा हो गया है, जिसके (पैंतीस साल पहले) अगले दोनों पैरों को 'छान' कर कसाई मालिक ने छोड़ दिया था। ज़मीन पर लेटा हुआ, 'हुकुर-हुकुर' करके सांस लेता हुआ, टाँगों को झटकारता...कौओं ने उसकी देह में न जाने कितने घाव कर दिये थे। पर परबतिया हँसिया लेकर दौड़ी गई थी। पैरों के बंधन कट जाने के बाद, 'मरतुहार' घोड़ा बैठ गया था, सिर झुकाकर। फिर धीरे-धीरे धरती को सूँघने लगा था।...

गनपत ने धीरे-धीरे अपने पैर फैलाए।

बाहर कामरेड चंद्रिका की आवाज़ सुनाई पड़ी। एक लाल पगड़ी वाले सिपाही ने झाँककर अंगनाई की ओर देखा और बोला, ''चपरासी साहेब तऽ होने चटाई पर पैर पसार के पसरल बाड़न।''

थाने के दारोगा और सिपाही को देखकर गनपत की ख़ाली, खोखली काया में कुछ भरने लगा। उसकी शिराओं में झनझनाहट शुरू हो गई। उसने एक बार कामरेड चंद्रिका की ओर देखा। दारोगा साहब ने कहा, ''देखो जी गनपत, तुम आश्रम के चपरासी हो न?''

''तुम-ताम मत बोलिए। मैं चपरासी नहीं किसी का।''

दारोगा ने चंद्रिका की ओर देखा।

चंद्रिका जी बोले, ''देखो गनपत, दारोगा साहब आश्रम पर दफा 144 लगाने आए हैं। तुम...''

गनपत अब अच्छी तरह संभल चुका था। उसने स्वस्थ और निडर स्वर में जवाब दिया—''यहाँ आश्रम कहाँ है? यह मेरा घर है, मेरी ज़मीन है। यह सार्वजनिक सम्पत्ति नहीं, किसी की पार्टी-बन्दी का अखाड़ा नहीं।''

पुलिस का सिपाही अंगनाई की ओर झाँककर कुछ देख रहा था। गनपत ने कड़कड़ाकर कहा, ''ऐ सिपाह जी, उधर 'जनाना हवेली' में क्या ताक-झाँक कर रहे हैं। नौकरी भारी हुई है क्या?''

दारोगा ने पूछा, ''तुम...तुम्हारे...आपके पास कोई सबूत है?''

''सबूत? कैसा सबूत? काग़ज़ी या जुबानी? गवाही?...शोभित की माँ मेरी झोली इधर दे जाना।''

शोभित की माँ, यानी कुसमी घूँघट काढ़कर बाहर आई। गनपत झोली से अपना 'पोथी-पत्तर' निकालने लगा—'माक्सर्वाद की मीठी बातें', 'किसानों और मज़दूरों के गीत', ज़ालिम जमीदरवाँ...गीत, बैजवाड़ा का मशहूर प्रस्ताव, तैलंगाना की लाल भवानी, शहीद फिल्म के गाने, 'देश के दुश्मन', गनतन्त्र... यह लीजिए काग़ज़ी सबूत। और जुबानी गवाही? गाँव के बच्चे-बच्चे से पूछ लीजिए।''

दारोगा साहब ने दस्तावेज़ के मुड़े हुए पन्नों को सीधा करके शुरू से अन्त तक पढ़ा। फिर मुस्कराकर, चंद्रिका जी की ओर देखने लगे, ''यह तो ठीक ही कहता...कहते हैं। ज़मीन-जायदाद सब इन्हीं के नाम से रजिस्टरी हुआ है।''

चंद्रिका जी अब चिल्लाने लगे—''बेईमान कहीं का। 'पबलिक' प्रापर्टी को हड़पना चाहता है? देखता है कि तुम...''

गनपत उठकर खड़ा हो गया। ''पबलिक का नाम मत लो चंद्रिका, पबलिक अन्धी नहीं, सब कुछ देखती है, समझती है। अपने 'स्वारथ के लिए पाटी को टुकड़े-टुकड़े करने वाले'...''

कुसमी अन्दर से ही बोली, ''इन लोगों के मुँह लगने की क्या जरूरत? डागडर साहेब ने मना किया है न?...लड़ि मरे बरदा, और बैठा खाय तुरंग।''

किन्तु गनपत ने तब तक नारा बुलन्द कर दिया था—'इनकिलाब ज़िन्दाबाद! ...फूटपरस्ती मुर्दाबाद!...पाटी के दुश्मन, सफेदपोश!''

एकत्रित भीड़ में तुरन्त उत्तेजना की लहर दौड़ गई। लोगों ने गनपत के साथ नारा लगाना शुरू किया तो दारोगा साहब जल्दी से बाहर चले गए। उन्होंने चंद्रिका से अंग्रेज़ी में कुछ कहा।

सिपाही ने घबराकर कहा, ''हुजूर, यह पाटीवालों का घरेलू झगड़ा है। अब यहाँ ठहरिएगा तो मामला बिगड़ जाएगा।''

दारोगा और चंद्रिका के जाने के बाद एकत्रित लोगों ने जय-जयकार किया, ''बोलिए एक बार प्रेम से गनपतजी की जै! किसानों के नेता—गनपत जी! मज़दूरों के नेता—गनपत जी! गनपत जी ज़िन्दाबाद! जो हमसे टकरायेगा, चूर-चूर हो जाएगा।''

पैंतीस साल में पहली बार अपनी 'जय' और 'ज़िन्दाबाद' के नारे सुनकर गनपत का दिल उमड़ आया।

कोलाहल और कलरव के बीच किसी ने भाषण देना शुरू कर दिया—‘‘भाइयो, इस बार ग्राम-पंचायत के चुनाव में, मुखिया के चुनाव में इन लम्बे कुरते और पाजामे वाले फोकटिया बाबुओं के छक्के छुड़ा दो।...आज यहाँ खूब धूमधाम से ‘किसान कीर्तन’ होना चाहिए।’’

जब सभी चले गए और एकान्त हुआ, तो गनपत ने झोंपड़े के अन्दर से आवाज़ दी—‘‘शोभित की माँ!...ज़रा इधर आना।’’

कुसमी अन्दर गई। गनपत का चेहरा देखकर वह डरी। फिर बुखार आ गया क्या? उसने गनपत के कपाल पर हाथ धरा। गनपत ने कुसमी की कलाई पकड़ ली। उसके ओठ थरथराए। उसने कुसमी के चेहरे को अपने मुँह के पास खींच लिया। काँपती हुई आवाज़ में बोला, ‘‘कुसुम...लेकिन यह पाप है, अन्याय है। पबलिक की सम्पत्ति, पाटी की जमीन...आश्रम में...यह पाप—यह घोर पाप है।...’’

कुसमी को भुने हुए सौंफ की गंध बहुत भली लगी। वह मानभरे स्वर में बोली, ‘‘कैसा पाप? चंद्रिका बाबू ने पाटी के चंदे से पुरैनियाँ में पुख्ता घर बनवा लिया। रामलगन बाबू ने ज़मींदारों से घूस लेकर गरीब रैयतों के मुकदमों को ख़राब कर दिया। सो—’’

‘‘कुसुम, लोग कुछ भी करें। मुझसे यह पाप कर्म नहीं होगा। तुम मुझे... तुम मुझे जिलाना चाहती हो तो अपनी झोंपड़ी में ले चलो।’’

कुसमी ने कुछ क्षण गनपत की डबडबाई हुई आँखों और तमतमाए हुए चेहरे को देखा। फिर बोली, ‘‘और...यह आश्रम?’’

‘‘मैं ज़मीन वापस दे दूँगा लोगों को। दस जन की दी हुई चीज़ ‘धर्मादा’ होती है। इसे अकेला भोगने वाला कभी सुख-चैन से नहीं रह सकता।...और अब मुझसे पबलिक का काम नहीं हो सकेगा। जब पाटी ही टूट गई।...’’

वह बच्चों की तरह हिचकियाँ लेकर रोने लगा।

कुसमी अपने गन्दे आंचल से गनपत के आँसू पोंछती हुई बोली—‘‘रोइए मत।’’

गनपत ने कुसमी को छाती से चिपका लिया।...आह! पैंतीस साल के बाद औरत की छाती की गर्मी उसकी देह में पहली बार आँधी की तरह समा गई। उसने कुसमी के काले-काले ओठों को चूमने के लिए मुँह बढ़ाया किन्तु रुक गया।

‘‘नहीं कुसम, यहाँ नहीं...। यहाँ नहीं...चलो अपने घर। यहाँ एक क्षण भी रहने का मुझे अधिकार नहीं।

कुसमी उठ खड़ी हुई। गनपत का हाथ पकड़कर उठाते हुए बोली, ‘‘चलो।’’

'माँ! मैया! देख, कितनी मछली ले आया हूँ।''

शोभित ने बाँस की टोकरी सामने रख दी। काली-काली मांगुर मछलियाँ झलमलाने लगीं।

कुसमी बोली, "मछली का सगुन शुभ होता है।''

गनपत हँसा।

कुसमी ने अपने इकलौते जवान बेटे से कहा, "बबुआ, तुम काका को सहारा देकर ले चलो। मैं बिछावन समेटकर ले आती हूँ।''

शोभित ने अपनी माँ का मुँह देखते हुए कहा, "कहाँ?''

गनपत बोला, ''जहाँ तुम्हारा जी चाहे बेटा!''

गनपत ने एक बार उलटकर देखा। पाटी का झंडा बदरंग होकर भी फड़फड़ा रहा है, हवा में। उसे लगा कि वह खुद पाटी का झंडा है जिसे शोभित कन्धे पर ढोकर ले जा रहा है।...

●

अगिनख़ोर

सूर्यनाथ बाहर जाने के लिए तैयार हो रहा था। पत्नी ने टोक दिया, ''कहाँ जा रहे हो? अभी दस बजे आभा का बेटा आएगा।''

सूर्यनाथ कुर्ते का बटन लगा रहा था। उसका हाथ रुक गया। याद आई। कल रात को घर लौटने पर पत्नी ने कहा था, ''जानते हो, आज आभा का बेटा अचानक बाज़ार में मिला...अरे! आभा की याद नहीं?...तुम्हारी दुलारी आभारानी राय। और, उसका बेटा माने, वही बेटा?''

सूर्यनाथ ने पूछा था, ''देखने में कैसा है?...मेरा मतलब है कि चेहरा किससे मिलता-जुलता है? एंबुलेंस ड्राइवर से या उस कपड़े की दूकान के बूढ़े मालिक से...?''

पत्नी बोली थी, ''मैंने उतना खयाल करके नहीं देखा। कल सुबह दस बजे वह आएगा। देखकर मिल लेना, किससे मिलता है, किससे नहीं''

''लेकिन तुम तो बाहर निकल रही हो।'' कुर्ता उतारते हुए सूर्यनाथ बोला।

''वह तुमसे मिलने आ रहा है। कह रहा था, उनको एक 'इनफ़ार्मेशन' देना है।'' वह मुस्कराती हुई बोली, ''अरे! उस लड़के ने तो मुझे कल अजीब हैरत में डाल दिया, कुछ देर के लिए। अचानक, न जाने किधर से आकर बीच राह में खड़ा हो गया—'आप अन्नपूर्णा मौसी हैं न? मुझे पहचानिए तो, मैं कौन हूँ...'' फिर खुद ही बोला, 'पहचानिएगा कैसे? कभी देखा तो नहीं। मैं आपकी आभारानी का बेटा हूँ...' मैं तो अवाक्!''

''आपकी दुलारी आभारानी नहीं कहा?'' सूर्यनाथ ने व्यंग्य किया। अन्नपूर्णा वर्किंग वीमेंस एसोसिएशन की गश्ती चिट्ठी अपने बैग में डालती हुई बोली, ''मेरी या तुम्हारी दुलारी?''

''तुम्हारी।''

''बेकार की बातें मत करो।'' अन्नपूर्णा अर्थपूर्ण हँसी हँसकर बाहर चली

गई। जाते-जाते कह गई, ''लड़का पहली बार आ रहा है। बिस्कुट हैं, मिठाई है...जलपान करा देना।''

पत्नी चली गई। सूर्यनाथ के मन के पर्दे पर, सत्रह-अठारह साल पहले की कई स्मरणीय घटनाओं, मुहूर्त और क्षणों की तस्वीरें फ्लैशबैक के रूप में उभरने लगीं...

...उस बार अन्नपूर्णा मेटरनिटी सेंटर की ऑनरेरी सेक्रेटरी चुनी गई थी। सो, घर में अक्सर लेडी हेल्थ विज़िटर, नर्स, मिडवाइफ़ और ट्रेनिंग के सिलसिले में लड़कियाँ आती रहतीं। बाद में अन्नपूर्णा ने उन्हें मना कर दिया था।

...किन्तु, आभारानी राय जब सेंटर में ट्रेनिंग लेने के लिए दाख़िल हुई, तो अन्नपूर्णा स्वयं उसे अपने साथ डेरे पर ले आई थी, एक दिन, ''लो, अब कितना सुनोगे बंगला कीर्तन...यह आभारानी राय है। हमारे सेंटर में ट्रेनिंग लेने आई है। रिफ्यूजी नहीं, बेचारी विडो है। कीर्तन बहुत सुन्दर गाती है।''

''श्यामा संकीर्तन या...'' सूर्यनाथ ने पूछा, तो आभारानी ने धीमे स्वर में जवाब दिया था, ''कृष्ण कीर्तन!''

सूर्यनाथ ने आँखें उठाकर ग़ौर से आभा के ललाट को देखा। भरी जवानी में विधवा होने वाली उसकी कई परिचित लड़कियों के ललाट भी ठीक ऐसे ही... लेकिन चेहरे पर प्रचुर लावण्य देखकर उसने कहा था, ''यथायोग्य नाम है आपका।''

अन्नपूर्णा से पहले, सूर्यनाथ के वक्तव्य का अर्थ आभा ने ही समझा था। वह तनिक विहंसकर बोली थी, ''आपनि कोबि मानुष आप कवि ठहरे।''

''किसने कहा कि मैं कवि हूँ? श्रीमती अन्नपूर्णा ने?''

अन्नपूर्णा हँसती हुई आई, ''नहीं, मैंने कवि नहीं, साहित्यिक कहा था।''

''एकई कथा...एक ही बात है।''

'एकई कथा' कहते समय आभारानी ने अपनी दाहिनी आँख की पपनियों को जिस तरह मूँदा, उसे सिर्फ सूर्यनाथ ने ही देखा और समझा था।

आभा के जाने के बाद अन्नपूर्णा बोली, ''विधवा नहीं, बेचारी परित्यक्ता...है। स्वामी ने छोड़ दिया...''

सूर्यनाथ ने ठीक आभारानी की तरह दाहिनी आँख की पलकों को दबाकर कहा था, ''एकई कथा।''

''कैसे एक ही बात हुई?''

''अगर स्वामी इसे छोड़ नहीं देता, तो बेचारा मर ही जाता और यह विधवा हो जाती।'' सूर्यनाथ के कहने के ढंग से ऐसा लगा मानो वह आभा को भली-भाँति पहचानता है। अन्नपूर्णा पूछ बैठी थी, ''तुम पहले से ही जानते हो इसको? उधर

ही कहीं, माने...। पूर्णियां-सहरसा की ओर रहती है किसी कस्बे में...।''

''कहीं की भी हो। यह किसी की पत्नी होकर रहने के लिए पैदा ही नहीं हुई। देखा नहीं, कैसा 'सखि-सखि' भाव है स्वभाव में। यह किसी की 'सखि' होकर ही रह सकती है।'' कहकर सूर्यनाथ हँसने लगा था।

पति की ऐसी कुटिल हँसी देखकर अन्नपूर्णा को संदेह हुआ था, निश्चय ही किसी 'असभ्य' बात की ओर संकेत किया है, ''क्या मतलब?''

''श्रीमती जी, मतलब समझाने के लिए आपको सम्पूर्ण 'वैष्णव साहित्य सुनाना पड़ेगा।''

''सखि होकर ही रह सकती है—इसका क्या मतलब?''

सूर्यनाथ समझ गया था, अन्नपूर्णा को शंका हो रही है कि बात उसकी होस्टल के दिनों की सखि ओलिव डाइसन को 'छुआ' कर कही गई है। और, ऐसी बात की भनक पाकर ही वह इस तरह नाराज़ हो जाती है कि सूर्यनाथ घंटों आरजू-मिन्नत करके, किस्म-किस्म की कस्में खाकर भी उसको मना नहीं पाता है। इसलिए उसने सहज ढंग से कहा था, ''सखि का अर्थ मित्र होता है न? मेरा मतलब है कि इस किस्म की लड़की पुरुष के साथ मित्र की हैसियत से ही रह सकती है।''

अन्नपूर्णा उस रात को तुरन्त ही सहज हो गई थी। लेकिन, उसने दूसरा सवाल किया था, ''तुमने यह क्यों कहा कि अगर स्वामी इसको नहीं छोड़ देता, तो बेचारा मर जाता...''

''कपाल देखकर मैंने कहा।''

''बड़े आए हैं सामुद्रिक बघारने वाले।''

''त्रिभुजाकार ऊँचा कपाल और चमकती हुई माँग..और ऐसी देह की बनावट जिसकी हो, तनिक अधिक 'एनर्जेटिक' होती है...मत्ता, प्रमत्ता, अतिमत्ता, महामत्ता!''

''ए! आभा ने जो 'कवि मानुष' कहा था, उसका तात्पर्य तुमने समझा था?''

''कवि मानुष माने रसिक पुरुष।''

''जी नहीं, उसका तात्पर्य इसके अलावा भी—इससे आगे भी कुछ था... साहित्यिक लोग ज़रा चरित्रहीन होते हैं, यह दुनिया-जहान जानती है।''

''ज़रा नहीं, पूरे।'' सूर्यनाथ ने एप्रूवर यानी मुखबिर की मुद्रा बना कर कबूल किया था।

उस रात को बहुत देर तक दोनों एक-दूसरे को गुदगुदाकर हँसाते-चिढ़ाते जगे रहे थे...

...और हरिसभा की वह शाम!

पहली बार हरिसभा में आभारानी का कीर्तन सुनकर सूर्यनाथ और अन्नपूर्णा सचमुच मन्त्रमुग्ध हो गए थे...किन्तु जब आभा ने उनके घर पर आकर कीर्तन सुनाने की इच्छा प्रकट की, अन्नपूर्णा राज़ी नहीं हुई, कीर्तन और भजन हरिसभा और ठाकुरबाड़ी में ही सुनना अच्छा लगता है।''

अन्नपूर्णा की चतुराई को चतुर आभा ताड़ गई थी और मन-ही-मन दाँत-पर-दाँत रखकर पीसती रही थी।

एक दिन आभा बाज़ार की झोली में हाथ लटकाकर आई, ''दीदी...मैं अपनी दीदी और जमाय बाबू को एक विशेष 'मेनू' बनाकर खिलाने आई हूँ। विद ड्यू रेसपेक्ट आई बेग...''

उस दिन आभा ने बहुत जतन से 'मलाई करी' बनाकर सूर्यनाथ और अन्नपूर्णा को चखाई थी। सूर्यनाथ ने चखकर चटख़ारे लेते हुए कुछ कहने की मुद्रा बनाई। अन्नपूर्णा ने प्यार-भरी झिड़की दी थी, ''मैं जानती हूँ, आप क्या कहना चाहते हैं। कहेंगे—'चोमोत्कार', यही न?''

''नहीं, एकदम नहीं। मैं कहना चाहता था, 'भीषोण सुंदोर, लेकिन अब आपने टोक दिया, तो कहूँगा, 'अपूर्बो...''

कच्चे नारियल की गरी को पीसकर दूध निकाला गया और उसमें रोहित मत्स्य के कंटकशून्य खंड...सूर्यनाथ ने बंगाली वैष्णव सम्प्रदाय की भाषा में कहा था ''अहा! ऐ तो क्षीरसागरे स्वयं भगवान मत्स्यावतार...''

''जमाय बाबू! आप रसिक ही नहीं, सुरसिक हैं।''

''सुरसिक नहीं, चटोर और पेटू। एक बार दिल्ली में इसी तरह आकंठ ठूँसकर...''

सूर्यनाथ ने डकार लेते हुए कहा था, ''अवस्थी जी के घर? हाँ, ऐसा ही भूरि-भोजन—और, वहाँ भी कई व्यंजन और पकवान अवस्थी जी की साली ने बनाए थे। ठीक इसी तरह परोसकर खिलाया था...उसी बार अवस्थी जी ने बताया था, साली को संस्कृत में 'केलिकुंजिका' भी कहा जाता है।''

अन्नपूर्णा हँसकर बोली थी, ''सावधान, आभा!''

हँसी के हिलोर पर सुपरइंपोज़ होती है, वर्षा की एक शाम।

...भीगती हुई आभा अकेली आई थी, ''दीदी! दीदी नहीं हैं घर में?''

सूर्यनाथ ने अचरज से पूछा था, ''अरे आप नहीं गईं?...आपको साथ नहीं ले गई अन्नपूर्णा? आज वर्किंग वीमेंस के लिए 'चैरिट शो' है न।''

''मेरी आज 'आफ़्टरनून ड्यूटी' थी। मैं एकदम भीग गई हूँ जमाय बाबू...''

बाथरूम से अन्नपूर्णा की साड़ी और अंगिया पहनकर आभा बाहर निकली। सूर्यनाथ हाथ में चाय की प्याली लेकर खड़ा था, ''चाय नहीं। गुलबनफसा का काढ़ा, अदरक और नींबू के रस के साथ...बहुत ज़ोरों का फ्लू हुआ है, चारों ओर। गटगटाकर पी जाइए और निश्चिन्त रहिए...''

आभा ने चखकर देखा था, सचमुच काढ़ा ही है। सूर्यनाथ पूछ बैठा था, ''आपको किस चीज़ का सन्देह हुआ? बतलाइए न...''

''सुनिए, आप मुझे यह आप-आप क्यों कहते हैं?'' आभा तुनककर बोली थी।

''आपको सन्देह हुआ कि चाय में कोई नशा मिला दिया है, मैंने?''

''आप लोगों का क्या विश्वास! आप लोग सब कुछ कर सकते हैं।'' वह हलाल करने वाली हँसी हँसकर सूर्यनाथ को देखती रही।

''लेकिन आप में साहस तो कम नहीं।''

''मुझे आप कहिएगा, तो जवाब नहीं दूँगी।''

सूर्यनाथ उसके पास आकर बैठ गया था। वह बालों को पीठ पर बिखेरकर सुखा रही थी। आभा अचानक पूछ बैठी थी, ''सचमुच चाय में और कुछ नहीं मिलाया था आपने...तब मेरी देह इस तरह झनझना क्यों रही है? सिर चकरा रहा है।''

सूर्यनाथ ने रॉ टी में गुलबनफसा, नींबू और अदरक के रस के सिवा और कुछ नहीं मिलाया है। इसके बावजूद यदि आभा पर नशा सवार हो गया है तो सूर्यनाथ उसे विश्वास दिलाने की चेष्टा क्यों करे?

''आभारानी!''

आभा ने सफल अभिनेत्री की तरह सूर्यनाथ के कन्धे पर अपना सिर रख दिया था। सूर्यनाथ की देह अचानक तप उठी थी। स्वचालित यन्त्र की तरह उसकी भुजाओं ने आभा को जकड़ लिया। बाहर आकाश में बिजली कौंधी थी। मेघ गर्जन हुआ था और सूर्यनाथ का तृप्त शरीर तत्काल ठंडा हो गया था। वह छिटककर आभा से अलग हो गया था। आभा अस्फुट स्वर में बोली थी, ''कोई नहीं—हवा से खिड़की का पल्ला खुल गया है। सूर्योदय...जमाय बाबू...आप कहाँ चले गए...?''

इस घटना के बाद आभा ने सूर्यनाथ से बोलना बन्द कर दिया। और कई

दिनों के बाद अन्नपूर्णा ने उसको अपने घर आने को मना कर दिया था। पड़ोस की बुढ़िया महरी ने फिसफिसाकर अन्नपूर्णा से कहा था, ''ऊ छौंड़िया 'छिनार' है, बहूजी! घर में उसकी आवाज़ाही बन्द कर दो...''

अपमानिता आभा ने अपना तबादला मंगला तालाब सेन्टर में करवा लिया। इसके बाद वह जब कभी अन्नपूर्णा के सेन्टर में किसी काम से आती अन्नपूर्णा को नमस्कार तक नहीं करती थी।

दस-ग्यारह महीने के बाद एक शाम को आभा अचानक आई। अन्नपूर्णा के पैर छूकर प्रणाम किया। अन्नपूर्णा ने प्रसन्न होकर कहा था ''पास कर गई न?''

आभा ने सिर झुकाकर ही जवाब दिया था, ''जी, दीदीजी!''

उसी रात को अन्नपूर्णा ने सूर्यनाथ को बताया था, ''तुमने ठीक ही कहा था। अरे, इस लड़की का साहस तो देखो। छह महीने का पेट लेकर बिना लाज-भय के घूम रही है। छिः छिः, अब गिराना चाहती है। रो रही थी किसी तरह 'उद्धार' करवा दीजिए...डांटकर भगाती नहीं, तो अभी घंटों घुनघुनाकर रोती रहती।''

सूर्यनाथ ने कहा था, ''मैंने एंबुलेंस के ड्राइवर के साथ कई बार सिनेमा हाल में देखा है...''

अन्नपूर्णा बोली, ''वह कहती है कि कपड़े की दूकान के बूढ़े मालिक ने फुसलाकर उसका सर्वनाश कर दिया है...''

सूर्यनाथ कुछ कहना चाहता था। किन्तु अन्नपूर्णा कहती गई, ''यह तो भला हुआ कि उसने यहाँ से अपना तबादला करवा लिया, नहीं तो और न जाने किस-किस का नाम बदनाम करती।''

सूर्यनाथ चाहकर भी कुछ नहीं बोल सका था। अन्नपूर्णा एक उदासी-सी हँसी हँसकर बोली थी, ''वह जो गाती थी न—मरिबो मरिबो सखि निश्चय मरिबो...' अब सचमुच मरेगी निगोड़ी!''

किन्तु आभारानी राय मरी नहीं थी। होली फेमिली हॉस्पिटल में पुत्र-रत्न को जन्म देकर न जाने कहाँ चली गई। 'मदर' के नाम एक पुर्ज़ा लिख गई थी...

...और, आभारानी का वही बेटा आज सूर्यनाथ को एक आवश्यक समाचार देने के लिए आ रहा है।

सूर्यनाथ के मन के पर्दे पर लावण्यमयी आभारानी का मुखड़ा उभरकर स्थिर हो जाता है। आज पृष्ठभूमि कीर्तन के आलाप से मुखरित—'आमार...सकलि... गरल...भेल...'

'गें-ए-कृ-गेंकृ-गें-ए-कृ...!'

बजर अस्वाभाविक सुर में बज उठा। लगता है, कोई खिलवाड़ कर रहा है। सूर्यनाथ ने विरक्त मुद्रा के साथ दरवाज़ा खोला। बजर के बटन पूर्ववत् दबा-दबाकर बजाता, वह हँस रहा था, ''हाउ फ़ेंटास्टिक!...मैं आभारानी का बेटा...''

''अन्दर आ जाइए।''

गेहुआं रंग, दुबली-पतली काया, मंझोला कद और बिखरे हुए भूरे बाल...मुखश्री ठीक आभारानी की...ठीक, आभारानी पर पड़ा है उसका बेटा...''

अन्दर आकर उसने कहा—''मैं पाँव या घुटना अथवा कोई अन्य अंग छूकर किसी को नमस्कार नहीं करता। दरअसल, मैं किसी को अभिवादन करता ही नहीं। आप बुरा मानें या भला—ठेंगे से। आइकृ स्ला!

सूर्यनाथ के पीछे-पीछे वह बैठक में गया। कमरे में पहुँचते ही उसने ठहाका लगाया, ''साहब...आप तो ऐसी तैयारी करके—सज-धजकर बैठे हैं, मानो कोई आपका सचित्र इंटरव्यू लेने को आ रहा हो—आइकृ-स्ला—इधर तो लगातार आपकी कई भेंट-वार्ताएँ प्रकाशित हुई हैं। जी अघाया नहीं, शायद? लेकिन मैं आपसे कोई—आइकृ-स्ला—साहित्यिक अथवा अख़बारी मुलाकात के लिए नहीं आया। और, आपका और आपकी पीढ़ी का कूड़ा-कचड़ा—आइकृ-स्ला-साहित्य मैं नहीं पढ़ता। लेकिन बिना पढ़े ही कह सकता हूँ कि आपकी पूरी पीढ़ी मुर्दा हो चुकी है... कमर्शियल चीज़ें मैं नहीं पढ़ता। इट्स नॉसिएटिंग-आइकृ-स्ला-निराश मत होइएगा। मैं आपको एक सूचना-मात्र देने आया हूँ।''

सूर्यनाथ अप्रतिभ होकर मुस्कराने की चेष्टा करता रहा। उसने पूछा—''आप बीच-बीच में वह कौन-सा शब्द...यह 'आइक-स्ला' क्या है...?''

''यह मेरे व्यक्तिगत शब्द-भंडार का शब्द है, जिसका अर्थ कुछ भी हो सकता है।'' उसने सोफे पर बैठते हुए लापरवाही से कहा।

उसने कमरे की दीवारों पर नज़र डाली और एक कुटिल हँसी हँसकर बोल पड़ा, ''हाउ डिसगस्टिंग—आइकृ-स्ला—आपने तो अपनी छाया-छवियों, अभिनन्दन पत्र, उपाधि और 'सर्टिफ़िकेट आफ़ मेरिट' की अच्छी-सी प्रदर्शनी लगा रखी है... कमरे में दाखिल होते ही आगन्तुक को आपका व्यक्तित्व तेंदुए की तरह उछलकर दबोच डालता होगा। है न? उद्देश्य ही यही होगा। लेकिन एक बात पूछूँ? आपको स्वयं यह सब वलगर नहीं लगता?''

सूर्यनाथ ने संक्षिप्त उत्तर दिया, ''एकदम नहीं।''

आइकृ-स्ला—क्यों लगेगा? पेशे का सवाल है न। कमर्शियल लेखकों की

मजबूरी...लेकिन, आपके साहित्य के बारे में कुछ नहीं बोलूँगा। और अगर बोलने लगूँ, तो मना कर दीजिएगा।''

सूर्यनाथ के क्रमशः अप्रतिभ होते हुए चेहरे को देखकर उसका उत्साह बढ़ता जा रहा है। कहता है, मौसी बाहर गई है न? मैं जानता हूँ, वह आपको अकेला छोड़कर अक्सर बाहर निकल जाती है। मुझे सब पता है...आपका यह फ्लैट, इट्स एन आइडियल प्लेस फ़ॉर आत्मरित...आइकृ-स्ला!

सूर्यनाथ ने खखारकर गला साफ़ करते हुए कहा, ''तो आप आभारानी राय के पुत्र हैं?''

उसने लापरवाही से कहा, ''हूँ। फिलहाल, धनबाद में रहता हूँ। मेरे कई नाम हैं। कोई नाम छदम् नहीं, सभी असली नाम। अभी मैं आपसे अपने सूतपुत्र नाम के अनुसार बातें कर रहा हूँ।''

सूर्यनाथ हँसने की चेष्टा करके भी नहीं हँस सका। सूतपुत्र ने अपना वक्तव्य जारी रखा, मेरा कवि नाम है—आइकृ-स्ला—शिवलिंगा।''

सूतपुत्र शिवलिंगा ने सूर्यनाथ से पूछा, ''क्यों, चौंक गए न?''

''चौकूँगा क्यों? मेरे पड़ोस में ही निजलिंगा साहब रहते हैं।'' सूर्यनाथ ने सप्रतिभ स्वर में कहा, ''अब आप अपने आगमन का उद्देश्य बतलाएँ—आइकृ-स्ला, यानी, कृपया।''

सूतपुत्र ने कनखी निगाह से सूर्यनाथ को देखा। आभारानी ठीक इसी तरह पलकों को तनिक मूँदकर देखती थी। उसने कहा, ''उद्देश्य अति शुभ है। आपको एक समाचार सुनाने आया हूँ। बस...''

''आपकी माताश्री...''

सूर्यनाथ के मुँह से बात छीनते हुए सूतपुत्र ने कहा, ''आपकी केलिकुंजिका आभारानी का कोई समाचार मुझे नहीं मालूम। मेरे पास मेरी जन्मदायिनी की एक मोटी डायरी है—1955-56 की...होली फ़ेमिली हॉस्पिटल की 'मदर' ने सहेजकर रख दी थी...समझे?

''समझा आइकृ-स्ला। अब समाचार सुनाइए।'' सूर्यनाथ के स्वर में दृढ़ता लौट आई थी।

''समाचार सुनाने के पहले मैं यह देख लेना चाहता हूँ कि आपका मानसिक धरातल उस समाचार को ग्रहण करने योग्य है अथवा नहीं। देखिए, मैंने आपका लिटरेचर नहीं पढ़ा। इसलिए नहीं जानता कि आप किस कोटि के प्राणी हैं। किन्तु, यह मुझे मालूम है, आपकी पूरी पीढ़ी इल्लिटरेट और हाफलिटरेट है...सबसे पहले

आपका कौतूहल मिटा दूँ। है न? तो होली फ़ेमिली हॉस्पिटल से यतीमख़ाना, वहाँ से टांटी झरिया, कलकत्ता, जबलपुर, इलाहाबाद आदि जगहों में मेरा बचपन बीता और जवानी आई। पढ़ाई-लिखाई जो हुई, बुरी नहीं हुई। कवि, कथाकार, नाटककार और चित्रकार हूँ। लेकिन, वे आपकी बुद्धि के बाहर की बातें हैं। आइक्-स्ला—मैं अभी धनबाद में हूँ और मज़े में हूँ और सानन्द अपना इस्तेमाल होने दे रहा हूँ... आपका बाथरूम किधर है?''

सूतपुत्र लेवेटरी में बन्द हुआ। सूर्यनाथ को सहज और सबल होने का अवसर मिला। उसने लक्ष्य किया है, सूतपुत्र अब 'आइक्-स्ला' का व्यवहार क्रमशः कम करता जा रहा है।

सूर्यनाथ ने समझ लिया—यह लड़का एक 'वस्तु' है, यानी चालू भाषा में जिसको 'माल' कहते हैं, उसके बाल, पोशाक, स्वास्थ्य सब कुछ 'बीट' और हिप्पियों से विपरीत हैं। लेकिन तेवर वही हैं। सूर्यनाथ को हँसी आई—आते ही तड़ातड़ चाबुक लगाए जा रहा है। पट्ठा। होना ही चाहिए—नेच्युरली...

स्नानागार से बाहर निकलकर उसने कहा, ''बाथरूप में जिन मासिक पत्रिकाओं का पारायण करते हैं, उसके सम्पादकों को लिख दीजिए कुछ 'रोचक-साहित्य' भी प्रकाशित करें।...और एक बात! आपने देश-विदेश के इतने बिगब गर्स—आइक्-स्ला—सोकाल्ड वी.आ.पी. न, ज़ के साथ इतनी सारी तस्वीरें छपवाकर लटका रखी हैं चारों ओर। लेकिन...ह्वाय नाट ए न्यूड? मैं कहूँ, आप अपनी एक नंगी—एकदम मादरज़ाद—खिचवाकर टाँग दें और उसके नीचे लिख दें—'विद माइसेल्फ़!' क्यों ठीक रहेगा न?''

सूर्यनाथ समझ गया था—स्नानागार के बाहर निकलकर, बैठकख़ाने में पहुँचकर इस तरह असभ्यतापूर्वक पैंट के बटन लगाते हुए—यह ऐसी ही बातें करेगा। अतः मन्द-मन्द मुस्कराता रहा।

तब उसने सूर्यनाथ को अप्रतिभ करने के लिए अपना सवाल छेड़ा—

''अच्छा, अब यह बताइए कि आपका सम्बन्ध अपनी स्वीटी सौफ़्टी साली आभारानी से कैसा और कहाँ—आइक्-स्ला...''

''आप जो समाचार देने आए हैं, पहले वह दे दीजिए। आप मेरा 'इंटरव्यू' तो नहीं लेने आए। फिर कोई सवाल-जवाब कैसा?'' सूर्यनाथ अब पालथी मारकर कुर्सी पर बैठ गया।

''आइक्-स्ला—मैंने पहले ही कह दिया है कि मैं यह जान लेना चाहता हूँ...

''आइकू-स्ला—मैं पहले—आकइ-स्ला—आपका—आइकू-स्ला—समाचार सब लेना चाहता हूँ—आइकू-स्ला। बस।'' सूर्यनाथ ने गम्भीरतापूर्वक कहा।

सूतपुत्र हँसा। सूर्यनाथ ने लक्ष्य किया, हँसी में तनिक कपड़े की दूकान की छाया झलकती है।

''अच्छा? आपके बाल तो कुदरती काले हैं! मैंने समझा था कि आप 'डाय' करते हैं। क्योंकि मेरी माँ की डायरी में आपके बालों की खूब तारीफ़ लिखी हुई है। अब तक इतने काले हैं? और आपकी दन्त पंक्तियाँ नकली सेट्स की नहीं। तब तो अभी एक दशक और प्रेम-कहानियों का व्यापार चला सकते हैं आप। पचास की उम्र में ऐसे घने काले बाल और हड्डियों के ज्यायंट्स को कड़कड़ाकर तोड़ने वाली दन्त पंक्तियाँ...आइस्...मतलब, इसका योगा से कोई ताल्लुक है क्या? आप कोई हर्ब इस्तेमाल करते हैं?''

सूर्यनाथ के जी में आया कि इस छोकरे को वह नुस्खा दे दे—चपरकनाती। नीला थोथा दही में घोलकर—किन्तु उसने जवाब दिया, ''यह ट्रेड सीक्रेट है मेरा।''

ठठाकर हँस पड़ा सूतपुत्र। सूर्यनाथ ने पहचान लिया है, यह अपने को 'फ़ायरईटर'—अगिनख़ोर समझता है, 'सेल्फ पोज़्ड लोनली रिबेल' का एक नकली नमूना। उसे एक और लेखक याद आया जो कहा करता था—''आई एम बॉर्न बिफोर माई टाइम...?''

''आप करते क्या हैं? यानी रोटी कौन देता है?'' सूर्यनाथ ने साधिकार पूछा।

''जो मेरा इस्तेमाल करता है।''

''ट्रेड यूनियन के सदस्य हैं आप?''

''मैं आवारागर्द हूँ। आपने अतर्कवाद का नाम सुना है?''

''अतर्कवाद या कुतर्कवाद?''

''आपको समझाने के लिए कुतर्क आवश्यक है। मैं पूछता हूँ कि आप विलियम ब्लैक, ज्यां कोक्तो, ज्यां जेने को जानते हैं? 'मेटामॉर्फ़सिस' का लेखक कौन है, और हेनरी मिलर...''

''मुझे यह सब जानने की ज़रूरत कभी नहीं हुई है। मैं सिर्फ यह जानना चाहता हूँ कि तू करता क्या है?''

''देखिए, यह 'तू-आ-तू' मेरे साथ नहीं चलेगा। आइकू-स्ला...''

''आइकू-स्ला!''

'मतलब?'

''आपने कहा था न, इसका कोई मतलब हो सकता है। कृपया बताइए कि आप...''

''मैंने कवि-कर्म छोड़कर फिलहाल, अपनी रोटी के लिए कॉमेडियन का काम शुरू किया। धनबाद, झरिया, जमशेदपुर और कलकत्ते के कई गुप्त क्लब और डिसकोथेक्स में अपना शो दे चुका हूँ...''

''सीधे कह न कि भड़ैती करता हूँ।'' सूर्यनाथ ने ठेठ बिहारी बाबू के लहजे में कहा।

''नहीं, भड़ैती नहीं। यह एकदम नई विधा है, जिसका नाम आपके ग्रेट ग्रैंडफादर ने भी नहीं सुना होगा...मैं गालियाँ देता हूँ। फूहड़, भद्दी और अश्लील अश्रव्य गालियाँ।''

''वह जो 'साईं' सजकर साँझ-सवेरे मुरादपुर की गलियों में घूमता-फिरता है—एक पैसा लूँगा, पाँच गालियाँ दूँगा। चुन-चुन के गालियाँ दूँगा, बाप-दादे को गालियाँ दूँगा...''

सूतपुत्र ने कहा, ''इस कॉमेडियन वाले कारबार में मेरा ट्रेड नेम है—डोगलास। अर्थात् अब मैं डोगलास की परिभाषा में आपसे बातें करूँगा। फिलहाल, गालियाँ और अपशब्द भोजपुरी से अंग्रेज़ी में अनुवाद करके व्यवहार करता हूँ। लेकिन, ऐसे घरेलू माहौल में शुद्ध मगही या मैथिली में भी...''

सूर्यनाथ ने एक बार सोचा, अब इसको बाइज़्ज़त फ्लैट से बाहर कर दिया जाए; किन्तु कुछ सोचकर थोड़ी देर और उसे सहन करने का निश्चय किया... कुछ भी हो उस 'शोध-छात्र' से तो अच्छा है जो कई दिन पहले, अपने मौलिक विषय 'हिन्दी साहित्य में रामघराना'—के माल-मसाले के लिए आया था। छात्र राम ने अनुसंधान नहीं, अनुनय किया था, ''सर! ऐसे साहित्यिक, जिनके नाम से शुरू, मध्य या अन्त में 'राम' जुड़ा हो उनके व्यक्तित्व पर 'राम' का प्रभाव प्रमाणित करते हुए...जो, बचपन में आप को किसी ने, कभी-न-कभी, राम सूरजनाथ ज़रूर कहा होगा। इस आधार पर यदि आपको भी 'रामघराना' में युक्त कर लूँ तो आपको कोई आपत्ति?''

सूर्यनाथ ने शान्त चित्त से कहा, ''आप अभूतपूर्व काम कर रहे हैं। गालियाँ देकर लोगों को हँसाते हैं। लोग प्रसन्न होकर आपको पैसे देते हैं।''

''ऐसी-वैसी हँसी नहीं। एकदम रेक्टम रप्चरिंग लाफ़। समझे?'' डोगलास ने कहा।

''हमारे ज़िले में एक राजा साहब अपने दरबार में एक 'बुड़िराज' अर्थात् 'मूरखराज' रखते थे...''

''आइक्-स्ला—योर राजा साहब! आप सामन्ती युग की बातें करने लगे, फिर? मैं अकस्मात् आघात करके वस्तुस्थिति से अवगत कराने में विश्वास करता हूँ।'' डोगलास बोला।

''डोगलास्साहब! मैं नहीं जानता कि आप क्या शो देते हैं, लेकिन आज से तीस साल पहले उस बुड़िराज के जो तमाशे मैंने देखे हैं, मेरा ख़याल है कि उसमें से एक का वर्णन सुनकर समझेंगे। आप इसको अपने काम में भी इस्तेमाल कर सकते हैं।''

डोगलास राज़ी हुआ। सूर्यनाथ ने शुरू किया, ''राजा के मेले में बड़े-बड़े नामी पहलवानों की कुश्ती होती थी। एक बार, एक चैंपियन पहलवान सभी को पछाड़कर, गर्व से छाती फुलाकर दुलकी चाल में अखाड़े में चक्कर लगा रहा था... यानी—'है कोई माई का लाल जो आ जाए मैदान में!' बुड़िराज ताव खा गया और कूदकर अखाड़े में उतर पड़ा। अपने सारे कपड़े फेंककर 'आ-जा-जा-आ...'' कहकर उस चैंपियन पर टूटा, ताल ठोंकता हुआ। जनता एक साथ ठठाकर हँस पड़ी। चैंपियन पहलवान कुछ क्षण तक भौंचक्क होकर देखता रहा। फिर, अचानक भागा। एक विशालकाय आदमी को, एक नगधड़ंग पिद्दी जैसे आदमी के डर से उस तरह भागते देखकर सारी जनता हँसते-हँसते बेदम हो गई।''

डोगलास को यह कहानी अच्छी लगी, ''मैं इस पर 'वर्क' करके इसको रिफ़ाइन करके इस्तेमाल करूँगा...मैंने हाल में अपना एक स्किट प्रस्तुत किया है। एक व्यक्ति लघुशंका के लिए दोपहर रात को होटल के कमरे में, किस तरह वाश बेसिन में...''

सूर्यनाथ ऐसा अवसर हाथ से जाने नहीं देगा। बस, यही है—ब्रैकिंग प्वांइट! मुस्कराकर उसने डोगलास्साहब को काटा, ''अरे। वह पादरी वाला प्रहसन...यह तो, अमेरिकन कॉमेडियन लेनी ब्रूस की कृति है। आज से दस-ग्यारह साल पहले ही उसने इसका अभिनय करके प्रचुर ख्याति प्राप्त कर ली है। आप कहते हैं कि—''

लेनी ब्रूस का नाम सुनते ही डोगलास का चेहरा अचानक बुझ गया, ''आप लेनी ब्रूस को जानते हैं? आइक्-स्ला—आप लेनी ब्रूस के बारे में कैसे जान गए?''

''जानता ही नहीं, 1964 में उसकी रिहाई के लिए अपील पर मैंने भी हस्ताक्षर किए थे। आज तक मेरे कई पॉलिटिकल मित्र उन्हीं हस्ताक्षरों के कारण मुझे

गालियाँ दे रहे हैं और बदनाम कर रहे हैं कि मैं—आइकू-स्ला—लेकिन अब तो लेनी स्वर्ग में देवताओं और देवियों को गालियाँ देकर प्रसन्न कर रहा है। अतः अब आप अपने को इस 'विधा' का भारतीय आवांगार्द घोषित कर सकते हैं।''
सूर्यनाथ ने घड़ी देखी।

डोगलास साहब के सूतपुत्र सिर से उतर गए। सूतपुत्र तुतलाने लगा, ''अब मैं काम की बात करूँ...मेरे पास मेरी माँ की डायरी है। डायरी के मुताबिक आप ही मेरे जनक हैं और मैं आपकी ही प्रजा...''

''असम्भव।''

''असम्भव नहीं। यह आपका ही क्रोमोजोम है जो...आप घबराइए मत। मैं आपकी सम्पत्ति पर दावा नहीं करूँगा।''

''डायरी आपके पास है, यहाँ?''

सूतपुत्र अपने बैग से डायरी निकालकर पृष्ठ पलटने लगा। बोला, ''बंगला तो आप अच्छी तरह लिख-पढ़ लेते हैं। पढ़कर देख लीजिए।''

सूर्यनाथ ने देखा, लिखावट आभारानी की ही है। लिखा है, ''आज के सूर्योदा आमार संगे जा कोरलेन, आमार जीवने आर केउ करे नि...'' (आज सूर्यदा ने मेरे साथ जो कुछ किया, जीवन में और किसी ने नहीं किया।)

सूतपुत्र का चेहरा पुनः दमकने लगा। सूर्यनाथ ने पूछा, ''जिस 'मदर' ने आपको यह डायरी सौंपी, उसने आपका 'डेट आफ़ बर्थ' भी ज़रूर दिया होगा?''

''ऑफ़ कोर्स...डैट्स देयर। डायरी में ही लिखा है।''

''आपने इस रोज़नामचे की तारीख़ से अपनी जन्मतिथि मिलाकर देखी है?''

''आप ऐसे ज्वलंत प्रमाण को झुठला नहीं सकते, पिताजी महाराज!''

सूर्यनाथ ने उसके सुर में सुर मिलाकर कहा, ''सूतपुत्तर सरकार! आप मानें या न मानें, ठेंगे से। मैं जानता हूँ कि यह सच नहीं। असल में...बावजूद आकर्षण के, आभारानी के साथ मेरा सम्बन्ध हुआ ही नहीं। कामातुरा सुन्दरी के साथ एकान्त के उस क्षण में मैं मदनोन्मत्त अवश्य हुआ था। किन्तु...किन्तु उस लावण्यमयी लास्यमयी रमणी के मुँह में ऐसी उत्कट दुर्गन्ध थी कि मैं अचानक विरक्त हो गया...''

''दुर्गन्ध?''

''जी। बदबू! उतना सुन्दर सलोना मुखड़ा। वैसी सुरीली आवाज़ और मधुर कीर्तन—और वैसे मुँह में सड़ी हुई गन्ध? ओह! आज भी याद करके वोमिट हो जाता है।''

सूतपुत्र के मुँह से एक हल्की-सी चीख़ निकल पड़ी। वह थर-थर काँपने लगा। उसकी आँखें डबडबा आईं। वह कुछ नहीं बोल सका...

सूर्यनाथ ने अब समझा, इस छोकरे को इतनी देर तक सहन करने का एक कारण यह भी है कि कभी-कभी इसके चेहरे पर आभा के मुखड़े की मासूमियत झलक जाती है। उसने शान्त स्वर में कहा, ''किन्तु आप असंस्कृति और अपरम्परा के इतने कट्टर हिमायती होकर अपने पिता को क्यों खोज रहे हैं?''

''आइक्-स्ला—खोज नहीं रहा। पिछले आठ-नौ साल से मेरी यह धारणा दृढ़ हो गई थी कि मेरा पिता एक प्रसिद्ध साहित्यकार है। मेरी रगों में दौड़ने वाले लहू का सम्बन्ध एक महान कलाकार से है—अपने पिता को अपना दुश्मन मानकर मुझे अपार बल मिलता था, इसी के सहारे मेरा सब कुछ—मेरी प्रेरणाओं का मूल स्रोत ही अचानक सूख गया...''

वह फूट-फूटकर खोए हुए बालक की तरह रो पड़ा। सूर्यनाथ सोचने लगा—कवच-कुण्डलहीन 'कर्ण' भी क्या इसी तरह रोया था?...उसके जी में आया—आभारानी के रोते हुए बेटे के बालों पर हाथ फेरकर चुप कराए। किन्तु सहानुभूति, दया, करुणा और किसी प्रकार की कृपा की गन्ध लगते ही यह लड़का तुरन्त गुस्से में गालियाँ बकने लगेगा। वायलेंट भी हो सकता है। उसने कहा, ''अब आप जाइए अगिनख़ोर जी! मुझे अब एकदम एकान्त की ज़रूरत है।''

सूतपुत्र तुरन्त उठकर खड़ा हो गया, ''हाँ-हाँ। आइ एम ए फ़ायरईटर... अग्निख़ोर! ठीक है, एक यह नाम भी रहा। आइक्-स्ला—''

●

रेखाएँ : वृत्तचक्र

अस्पताल के सर्जिकल वार्ड से मैं सदा दूर-दूर ही रहा करता था, कभी किसी घायल आत्मीय अथवा बीमार दोस्त को देखने के लिए गया, तो वार्ड के बरामदे पर ही पसीने से लथपथ। सिर में चकराहट। चारों ओर मिट्टी के बरतन-बासन की तरह टूटे-फूटे लोग सफेद पट्टियों और प्लास्टर से बँधे उनके भंग अंग। कटे-छटे हाथ, या पाँव। चीरे हुए पेट से लगी हुई रबर की नली। पलंग के पास स्टैंड से लटकती हुई खून, अथवा प्लाज़्मा, या सलाइन की बोतल। हवा में ईथर की उत्कट गंध और चीख़-कराह-पुकार...इस बार बीमार होकर जब से सर्जिकल वार्ड में भरती हुआ हूँ, सब कुछ सामान्य और श्लील लगता है। घबराहट नहीं, सिर में चक्कर नहीं, कहीं कोई दुर्गन्ध नहीं। जब से होश में आया हूँ अपनी हालत पर खुद हँसकर प्राणांतक कष्ट सह लेता हूँ। आज हठात् अपनी इस बेबस अवस्था पर मुझे भीष्मपितामह की याद आई। महाभारत की वह तसवीर आँखों के सामने स्पष्ट हो गई...ब्लड की बोतल, बेड रेस्ट, राइस ट्यूब, सलाइन की बोतल से लगी रबर की नली मेरे पाँव की नस में बिंधी हुई है। उमा से मैंने कहा—मैं शरशैया पर सोते हुए भीष्मपितामह की तरह नहीं लग रहा क्या?

उमा के होंठों पर हल्की-सी मुस्कराहट दौड़ गई। वह बोली—कल नाई को बुला लाऊँगी...दाढ़ी कितनी बढ़ गई है!"

मैंने पहले एतराज़ ज़ाहिर किया, फिर कुछ सोचकर कहा—आज ही क्यों नहीं बुला लातीं?...

सोचा, आज अगर हजामत नहीं बनी और आज ही कुछ हो गया...कुछ हो गया क्या, साफ़-साफ़ क्यों नहीं कि यदि मर गया, तो आख़िरी तसवीर कितनी बदसूरत उतरेगी! बढ़ी हुई दाढ़ी, खुला हुआ विकृत मुँह, चेहरे पर आतंक...नहीं-नहीं, आख़िरी तसवीर में मेरे होंठों पर मुसकराहट अंकित रहे, मरते-मरते चेष्टा करूँगा... स्माइल प्लीज़!...

जलधरजी की याद आती है। जलधरजी की शव-यात्रा की तसवीरें माधुरी, फ़िल्मफ़ेयर, चित्रपट आदि पत्रिकाओं में प्रकाशित हुई थीं...चेहरे पर कैसी शान्ति छाई थी! होंठों पर एक अपूर्व मुसकान, ललाट पर चंदन। फूलमालाओं से ढका प्रसिद्ध सिने गीतकार जलधर...आँखें मूँदकर किसी मधुर गीत का मुखड़ा सोच रहा हो, मानो! किन्तु, पुष्पलाल? अत्याधुनिक विद्रोही कवि, कथाकार पुष्पलाल के एक दर्जन से भी अधिक कैमरावाले मित्र थे। जब वह जीवित था तो मित्रों ने उसकी कई नंगी तसवीरें उतारी थीं। किन्तु उसकी आख़िरी तसवीर किसी के पास नहीं, किसी ने उतारी नहीं, अथवा उसने मौका ही नहीं दिया। पुष्पलाल के पेट में जब एकाध पेग 'माल' पहुँच जाता यानी जब वह मौज में आता, तो हर बात के पहले मैथिली की एक भद्दी गाली उगलता...धीचो-ओ-ओ...! सुना है मरने के पहले उसके मुँह से यही गाली निकली थी। उसके एक मित्र का कहना है कि उसने भगवान को गाली दी थी। वह जिसे भी गाली दे, मैं उसके मरते हुए चेहरे की कल्पना करता हूँ। दोनों होंठों को संकुचित करके गोल बनाते हुए वह गोली दागता था—धीचो-ओ-ओ...। सामनेवाले वार्ड में पिछले साल पुष्पलाल ने चोला छोड़ा था। मैं जानता हूँ, मेरी बीमारी का समाचार सुनकर लोगों ने जलधर और पुष्पलाल को याद किया होगा। किसने किया होगा, अनुमान से ही मैं सही-सही बता सकता हूँ।

उमा इस तरह चिन्तित होकर क्यों आ रही है उधर से? कहती है—ब्लड बैंक में 'ओ' ग्रुप का ब्लड नहीं है। कल कोई रक्तदाता 'ओ' ग्रुप वाला नहीं आया, तो क्या होगा?...उमा चिन्तित हो फिर उधर चली गई।

साला! न जाने कैसे-कैसे और किस-किस पेशे के लोगों के खून! एक दिन बाद देकर 300 सी.सी. रक्त शिराओं के द्वारा बूंद-बूंद कर डेढ़ घंटे तक मेरे शरीर के अन्दर पहुँचाया जाता है। और डेढ़ घंटे तक निश्चल चित लेटा हुआ मैं स्टैंड से लटकती उल्टी बोतल की ओर देखता रहा हूँ। रबर की नली के बीच लगे कांच के बल्ब में टपकते हुए गाढ़े खून की बूँदों को गिनता हूँ। फिर बूँदों के टपकने के ताल पर मन में मुखरित होने वाली बात स्वयं ही पद्यबद्ध-सी होती जाती है—

दौड़ाया जा रहा है रोज़, मेरी शिराओं में 300 सी.सी. रक्त!

किसी आततायी, आक्रामक, बूचड़, ब्रह्मचारी, कृपालु ईश्वर का...!

और तब कोई मेरे अन्दर ही मुझे गाली देता हुआ कहता है—साले! अब तू कविता करने लगा...?

इस बार अस्पताल में होश सम्भालने के बाद ही से ऐसा होता है। मन-ही-मन किसी पंक्ति की आवृति, तुकबन्दी और अश्लील मुहावरे गढ़ने का खिलवाड़! अथवा यह भी मेरे मूल रोग का कोई उपसर्ग है? कई बड़ी बीमारियों के बाद ऐसे ही लक्षण प्रकट होते हैं...दाँत से नाखून कुरेदना, बार-बार नाक पोंछना, हाथ की उँगलियों को नचाना, जीभ से होंठ चाटना...

उमा ब्लड का प्रॉब्लेम सॉल्व कर आई है। उसके साथ मुस्कराती आई है एक मोटी अधेड़ बंग महिला।

उमा कहती है–इनका भी 'ओ' ग्रुप है। कई साल से बराबर ब्लड बैंक में ब्लड डोनेट कर रही हैं।

महिला अपने बैग से एक लाल कार्ड निकालकर उमा की ओर बढ़ाती हुई कहती है–एमरजेंसी में हमेशा ही हमारा ब्लड लगता है।

उमा उससे बातें करने लगी। वह कल सुबह आठ बजे आकर ब्लड बैंक में अपना खून दे जाएगी। और बारह बजे से मेरी नसों में इस स्कूल-मास्टरनी का रक्त टपकने लगेगा। वह नमस्कार करके चली गई, तो मेरा मुँह खुला–औरत का ब्लड? तिस पर इस औरत का...? हरगिज़ नहीं! कभी नहीं! मैं लूँगा ही नहीं!

उमा चुप रही, तो मैं लगातार दुहराने लगा–मैं लूँगा ही नहीं। नहीं लेना है...नहीं लेना है...!

–क्या लड़कपन कर रहे हो!–उमा किंचित् हँसती हुई मुझे डाँटती है।

–मैं हरगिज़ नहीं लूँगा!

–मत लेना! अभी चुप तो रहो!

–मैं चुप भी नहीं रहूँगा! मैं अभी दूध भी नहीं पीऊँगा। दवा भी नहीं।

उमा फीडिंग कप में दूध डालकर चम्मच से दवा मिलाती रहती है और मैं कटे हुए रेकार्ड की तरह बजता रहता हूँ–दवा भी नहीं! दूध भी नहीं! दवा भी नहीं! दूध भी नहीं...!

यदि नाइट नर्स मिस नीलम्मा नहीं आ जाती तो लगातार दस-पन्द्रह मिनट तक आँखें मूँदकर इसी तरह बोलता रहता और उमा हाथ के फ़ीडिंग कप में चम्मच चलाती मुझे डाँटती, पुचकारती रहती। इस लड़की को मैं मन-ही-मन रजनीगंधा की खिली हुई कली कहता हूँ। रात-भर इसी तरह तरो-ताज़ा यह मन्द-मन्द मुसकराती और मह-मह महकती रहेगी।

–यह कौन-सा गाना चल रहा था?–नीलम्मा अपनी 'केरालाई हिन्दी' में पूछती है।

मेरे मुँह में फ़्रीडिंग कप की टोंटी डालती उमा मुसकराकर जवाब देती है—दूध भी नहीं! दवा भी नहीं...!

—वाह! कित्ता अच्छा गाना है! कल से फ़्रीडिंग कप नहीं, फ़्रीडिंग बॉटल ले आइए!—नीलम्मा थर्मामीटर झाड़ती आगे बढ़ जाती है। मुझे आज्ञाकारी बालक की तरह दूध पीते देखकर कहती है—दूध पी के खूब गाना गा!

उमा और नीलम्मा एक ही साथ हँस पड़ती हैं।

नीलम्मा बुखार मापकर चली गई, तो उमा उसकी नकल करती हुई बोली—दूद पी के खूब गाना गा...!

किन्तु मैं हँस नहीं सकता हूँ। गाना, गीत, साँग, म्यूजिक, लै, टेक, रेकॉर्डिंग, प्लेबैक वगैरह शब्द सुनते ही मुझे हिचकी आने लगाती है। हिचकी अर्थात् हिक्कप, जिसे सात दिन तक, दिन-रात हवा अदल-बदल कर डॉक्टरों ने मुश्किल से दूर किया है। हिचकी के बाद मतली, यानी नॉसिया। फिर अंतड़ियों में सोया दर्द धीमे-धीमे शूल बनकर चुभने लगता है। तब शुरू होता है वमन! सब दवा, पथ्य, टेब्लेट्स, ग्रेन्युल्स, पिल्स, कैप्सूल, ड्राप्स एक साथ बाहर! वमन के बाद ही कॉमा, संज्ञाहीनता!

हिचकी शुरू हुई और उमा ड्यूटी रूम की ओर भागी। उमा के साथ खुट-खुट करती नीलम्मा तेज़ी से आती है। मेरी नाड़ी पर उँगली रखती है और फिर तेज़ी से ड्यूटी रूम में चली जाती है। निश्चय ही बड़े डॉक्टर को कॉल देने...

'शि-बू-ऊ-ऊ! लगा, गंगा के उस पार से कोई मुझे पुकार रही है। मैं जवाब देना चाहता हूँ, आवाज़ नहीं निकलती। आँखें खुलती हैं। मेरे नासाछिद्र में लगी राइस ट्यूब में मोटी सीरिंज लगाकर नीलम्मा मेरी अन्तड़ियों में जमे हुए दूषित-कुपित पित्तज तरल पदार्थ को खींच-खींचकर बाहर निकालती जा रही है। पास खड़े बड़े सर्जन डॉक्टर अजय चुपचाप मेरी ओर देख रहे हैं।

पेट का शूल धीरे-धीरे कम हो रहा है। शायद हिचकी रोकने वाली सूई लगाई गई है। इस सूई के बाद एक पेग स्कॉच का नशा-सा हो जाता है...तो आज कॉमा में नहीं गया! कॉमा! हास्यरस के उन बनारसी कवि जी का नाम भूल रहा हूँ, जिनकी एक कविता की पंक्ति है : ज़िन्दगी एक सेन्टेन्स है...कॉमा... फुल स्टॉप?

लेकिन मैं कॉमा को समाधि कहता हूँ। मूर्च्छा को संन्यास रोग भी कहा जाता है न! आश्चर्य! बेहोशी में देखे हुए सपनों के दृश्य मुझे विस्तारपूर्वक याद हैं।

देखा, सभी लोग पेट पकड़कर झुके हुए हैं, झुक गए हैं अचानक, जो जहाँ है, वह अपने दोनों हाथ कमर पर रखकर झुका हुआ है। खेत-खलिहान में काम करते हुए लोग, नहर के किनारे खड़े लोग, चने के खेत में साग खोंटती हुई औरतें, सभी दर्द से छटपटा रहे हैं। हवा में एक विचित्र प्रकार की खटास है। सब कुछ खट्टा-खट्टा। हवा का एक झोंका आता है और सभी एक साथ चीखकर और भी झुक जाते हैं सभी व्यक्तियों के शरीर मुड़कर विकृत स्वस्तिक चिह्न जैसे...मैंने सुना, कोई रेडियो पर किसी स्टेशन से ऐलान कर रहा है—भाइयो! भाइयो! यह कोई एटॉमिक गड़बड़ी हुई है। ज़मीन पर पेट के बल लेट जाइए। वैक्वम आ रहा है। वैक्वम! ओ-य-क। हज़ारों लोग एक साथ वमन कर रहे हैं। सभी के मुँह से एक ही शब्द—वैक्वम! वैक्वम! वैक्वम!...किन्तु उमा स्वस्थ है। दौड़ी आ रही है—भय नेई। आर वैक्वम एदिके आसबे ना। डरने की बात नहीं, गलती से ऐसा हो गया है। किसने की ऐसी गलती? यह जानलेवा गलती किसकी है? अमरीकी वैज्ञानिकों की या रूसी व चीनी या पाकिस्तानी, अथवा भारतीय... जुडिशियल इन्क्वायरी हो। गलती करने वाले को सज़ा दो। नहीं तो गद्दी छोड़ दो।

समाधि भंग होने पर अपने चारों ओर डॉक्टरों को खड़ा देखकर मैं पूछना चाहता था—आख़िर किसकी गलती थी? लेकिन कुछ पूछ नहीं सका।

ऑक्सीजन सिलिंडर लगी हुई नली से मुझे नाथ दिया गया था।...

दूसरा दृश्य : अशोक राजपथ पर एक बड़ा-सा जुलूस आ रहा है। कोई नारा नहीं। शोर-गुल नहीं। जुलूस करीब आता गया। सड़क के दोनों किनारे असंख्य लोग पंक्तियों में खड़े इस जुलूस की प्रतीक्षा कर रहे हैं। किन्तु यह जुलूस आदमियों का नहीं, सफेद बत्तकों का है। मुड़ी हुई गर्दन, दूध की तरह सफेद डैने, गुलाबी चोंच...हज़ारों-हज़ार बत्तकें पैंक-पैंक-पैंक...पैंक-पैंक-पैंक करती हुई अस्पताल की ओर मुड़ गईं। फिर गंगा किनारे सभी बत्तकें पंक्तिबद्ध पानी में उतर गईं। गंगा के इस पार से उस पार तक बत्तकों का एक पुल बन गया। नील जल पर सफेद पुल...जीवन्त पुल...पैंक-पैंक-पैंक-पैंक...उमा मुझे हाथ पकड़कर उठाती है—शिबू! ताड़ाताड़ी ओ पारे चलो...शिग्गिर...नईले पुल भेगे जावे। पैंक-पैंक-पैंक...मैं टटोलकर उमा का हाथ पकड़ता हूँ। बत्तक के डैने मेरे हाथ से फड़फड़ाकर निकल जाते हैं, सशब्द...पैंक-पैंक-पैंक—मैं पुकारता हूँ, किन्तु उमा जवाब नहीं देती। मैं उमा का नाम लेकर पुकारता हूँ, किन्तु मेरे कंठ से भी सिर्फ बत्तकों की बोली निकलती है...पैंक-पैंक-पैंक।...

संझा लौटने पर देखा : मेरे सिरहाने से केहुनी टिकाकर स्टूल पर झुकी बैठी उमा सो गई है। मैंने उमा को पुकारा, पर मेरे मुँह से निकला—माँ! माँ!

माँ होती तो, इसी तरह झुकी सिर के बालों में हाथ फेरती हुई कहती—शिबू रे! अपना गाँव छोड़कर तू यहाँ क्यों आया, बेटे? कितना अच्छा था तू! क्या से क्या हो गया यहाँ आकर! लौट चल, बेटा! हम नूनभात खाकर रहेंगे, पेड़ के तले सोएँगे, मगर...

लगता है, आधी रात गुज़र गई। बेड नम्बर दस के पास इतनी भीड़ क्यों है? वार्ड कुली मेरे पलंग के पास से ऑक्सीजन सिलिंडर घसीटकर ले जा रहा है। लगा, क्राइसिस मेरे पलंग के पास से बेड नम्बर दस के पास जा रहा है। फर्श पर भारी लोहे के घसीटने की आवाज़ से सारा वार्ड आतंकित है, बेड नम्बर पाँच पर छुरेबाज़ी से घायल बिहारशरीफ का टैक्सी ड्राइवर अचानक चिल्लाना शुरू कर देता है—कहाँ रे, छोटना? कहाँ है चोट्टी वाले? सामने आ! अब निकाल छुरा!...

बेड नम्बर दस के पास अचानक कुहराम। किडनी का मरीज़, अस्सी साल का बूढ़ा चल बसा। बेटी, पतोहू, नतनियों और पोतियों की भीड़ ने रोना शुरू किया। और मैं उनका रोना सुनकर समझ जाता हूँ, वे उत्तर बिहार के किसी गाँव के हैं।

पुष्पलाल अक्सर कहता (पता नहीं, अपनी बात कहता था या कहीं पढ़ी हुई) कविता लिखने का एकमात्र विषय है : मृत्यु!

पुष्पलाल की कविता या कहानी कभी मेरी समझ में नहीं आई। पुष्पलाल से मेरी पहली मुलाकात कलकत्ता में एक खांटी-बंगाली बार में हुई थी, जहाँ स्पेशल आर्डर देने पर तेल में तली कचरी और माँ काली मार्का देशी 'माल' की बोतल मिल जाती है। करीब एक दर्जन बंगाली छोकरों के बीच कचरी कचरता और गटागट ठर्रा पीता पुष्पलाल अपनी अंग्रेज़ी कविता ज़ोर-ज़ोर से सुना रहा था। कविता मेरी समझ में नहीं आई; मेरे पल्ले दो-तीन शब्द ही पड़े—'ओ लुमुंबा लुमुंबा लुमुंबा' तथा 'क्रास ऐंड शिवलिंग...

आज दोपहर को हमारे एक परिचित व्यक्ति ने उमा को 'आर्ट ऐंड आर्टिस्ट्स', अंग्रेज़ी त्रैमासिक का ताज़ा अंक भेज दिया है। हमारे किसी शुभचिंतक ने उसमें अपना एक लेख प्रकाशित कराया है। उस लेख में हमारी चर्चा भी की गई है। मैंने उमा से कई बार पढ़ने को कहा, किन्तु वह टालती गई। बोली—क्या होगा सुनकर? क्या फायदा? कोई गलत थोड़ी लिखा है! तुम लोगों की कीर्तिकथा... सही-सही...!

उमा की यही आदत मुझे नहीं लगती। वह कुछ देर के लिए बाहर गई, तो मैंने अपने पड़ोसी के नौजवान एटेंडेंट को बुलाकर लेख पढ़ने को कहा। कुछ तो उसके मगहिया उच्चारण के कारण, कुछ अपनी अल्पज्ञता के चलते, मैं लेख का पूरा आनन्द नहीं ले सका। हाँ, मूल वक्तव्य समझने में कोई कठिनाई नहीं हुई। लिखने की शैली निश्चय ही प्रशंसनीय थी...तीन साल पहले बम्बई में फिल्म के प्रसिद्ध गीतकार जलधर के घर पर साल-भर तक सांध्यगोष्ठी में नित्य चार नामी-गरामी कलाकार एकत्र होते। वे सभी एक्सपेरिमेंटल फिल्म बनाने के सिलसिले में, पटकथा, संवाद तथा गीतों के बोल पर बहस करने के लिए वहाँ जमा होते। किन्तु बात खुलने से पहले बोतल खुल जाती और बात जहाँ की तहाँ रह जाती। बात कभी शुरू होती भी, तो वे आपस में झगड़ बैठते। वे अर्थात् जलधर, लोकगीत गायक शिवनाथ, बंगाल का मूर्तिकार रामरंजन और बर्मा को अपनी जन्मभूमि मानने वाला हिन्दी का मैथिली कवि पुष्पलाल। इन पंक्तियों के लेखक के अलावा 'आर्ट फिल्म' तथा 'न्यू सिनेमा मूवमेंट' के सभी प्रेमियों को इस चतुरंग गोष्ठी से बड़ी-बड़ी आशाएँ थीं। किन्तु अब यह प्रमाणित हो रहा है कि यह आत्महंताओं का गिरोह-मात्र था और वे मरने के लिए ही हर शाम को मिलकर बैठते थे। पिछले साल जलधर की मृत्यु लिवर के घाव से हुई और तीन महीने के बाद पुष्पलाल पेट के कैंसर से मरा। इस बार पेट के दर्द से संज्ञाहीन होकर शिवनाथ पटना के अस्पताल में पड़ा हुआ है। और अभी-अभी समाचार मिला है कि रामरंजन को कलकत्ता की एक नगरवधू के कोठे की सीढ़ियों पर नशे में चूर और घायल पाया गया। दोनों की हालत गम्भीर बताई जाती है।...

इसके बाद ही लेख का मूल वक्तव्य एक प्रश्न से प्रारम्भ हुआ है—ऐसा क्यों? फिर, विद्वान लेखक ने मनोवैज्ञानिक तथा दार्शनिक विश्लेषण करते हुए स्वयं ही इसका उत्तर दिया है। सम्भव हुआ, तो कभी खुद पढ़कर समझ लूँगा। अभी मेरे दिमाग में इस लेख के कई शब्द तथा पंक्तियाँ ही रह-रहकर मुखरित होते हैं—पर्सनालिटि डिसआर्डर...ईडिपस कांप्लेक्स...डेथ विश...सेल्फ डिस्ट्रक्टिव... शापेनहावर सुसाइड जस्टिफाइड, बट नेवर कमिटड इट...ए मैन इज़ द प्रॉडक्ट आफ हिज़ कल्चर ऐंड हिज़ इनविरॉनमेंट!...

मैं साहित्य का साधारण पाठक! मुझे इन बहसों से क्या लेना-देना। उमा कभी-कभी एक बंगला मुहावरा दुहराकर मुझे समझाती—'अदरक के व्यापारी को जहाज़ की ख़बर लेने की क्या ज़रूरत?' किन्तु वह मुझे जितना समझाती, मैं उतने ही उत्साह से साहित्य तथा कला की चर्चा में लीन हो जाता। पुष्पलाल

कहता—शिबू दा! यह 'हैया हो हाय-हाय', यानी लोक-फोकगीत गाना छोड़कर लिखना शुरू कीजिए।...

मैंने लिखना तो नहीं शुरू किया, मगर दाढ़ी रख ली। रामरंजन दा ने अपने हाथ से एक दिन मेरी दाढ़ी को तराशकर अल्ट्रामॉडर्न बना दिया और उसी दिन पुष्पलाल और रामरंजन दा में मॉडर्न और कांटेंपरेरी शब्दों को लेकर मारपीट तक हो गई। पुष्पलाल जब कभी अपनी ग़लत बात को सही करने के लिए बतंगड़ खड़ा करता, रामरंजन दा ऐसा ही करते। हममें सबसे बड़े रामरंजन दा, और सबसे कनिष्ठ पुष्पलाल! दोनों की यह लड़ाई उपभोग करने की चीज़।...

सो, सब ठीक है, मगर साले, तुम मॉडर्न होने क्यों गए?

सचमुच, मैं क्यों इस चपेट में पड़ गया? कैसे पड़ गया? किन्तु मेरा क्या दोष?...

राजनीति करता था, सभाओं में मुख्य वक्ताओं तथा नेताओं के भाषण से पहले, भीड़ को शान्त रखने के लिए, गीत से भुलाए रखने के लिए मेरी ज़रूरत होती और हाथ में घुंघरूवाली खंजनी लेकर मैं मंच पर अलापता हुआ प्रकट होता—भैया किसनवां हो, दुश्मन तोहार बड़का ज-मीं-दा-आ-आ-र!...

अगर मेरे गले में एक खास किस्म की मिठास नहीं होती और यदि लोकगीत आधुनिक रुचि सम्पन्न शहरी लोगों के लिए फैशन नहीं बन जाता, तो आज मेरी जगह कहाँ होती? तब शायद राजनीति नहीं छूटती और दल बदलते-बदलते पता नहीं आज किस दल में होता। अगर पटना में रेडियो स्टेशन नहीं खुलता, तो मैं जो था, वही रहता।...

याद आती है, पहली बार रेडियो से मैंने जब 'सारंगा सदाबृक्ष' गीत-कथा प्रसारित की थी, भाव-विभोर होकर स्टूडियो से बाहर आते ही सबसे पहले अहिंदीभाषिणी पेक्स (प्रोग्राम एक्ज़िक्यूटिव) मिस नैनी कुट्टी ने गद्गद् होकर मुझे बधाई दी थी—"मैंने गीत का एक शब्द भी नहीं समझा, किन्तु लगा कि मेरे अन्दर कोई घटना घट रही है!"

इसके बाद से ही हर सप्ताह एक दिन सुबह-शाम मेरे गीत प्रसारित होने लगे; कुछ ही दिनों में लोगों की ज़बान पर मेरे गीत थे; मेरे नाम हर सांस्कृतिक समारोह के पर्चों में मोटे अक्षरों में, विशेषण सहित, छपने लगा : जिसके गीत माटी की सोंधी सुगंध बिखेर देते हैं...' 'जिसके कंठ में मिथिला की विरहिणी आकर बैठ जाती है...' 'जो जीवन का गीत गाता है...' आदि-आदि। उधर फिल्म जगत् में पंजाबी भांगड़ा की लहरें धूम मचाकर लौट गई थीं। नये दौर में लोकगीत

की बारी आई और इसके साथ ही मेरी ज़िन्दगी में एक नया तूफ़ान चलने लगा...
बम्बई, मद्रास, कलकत्ता...शराब, औरत, जुआ...दुश्चरित्र जीवन-विलास...काम से
जी चुराने के साथ धोखाधड़ी, जालसाज़ी। मिट्टी में गड़े हुए ग्रामीण शब्द उखाड़कर,
अनगढ़ ढंग से दर्जनों कहानियाँ गढ़कर गीतकथा बनाकर, पुरातन तथा ट्रेडिशनल
लोकगीत के नाम पर मैंने चतुराई से चला दिए : महुआ घटवारिन, नैका सुन्नरि,
नैना जोगिह, मैनावंती, ढोलन सरदार, दुखा मांझी। एक फिल्म के लिए 'डायनों
का सामूहिक नृत्यगीत' तक रचकर मैंने एक प्रोड्यूसर-डाइरेक्टर की आँखों में
धूल-झोंक दी—जनाब, नेपाल की मोरंग तराई में बसने वाली कोच जाति के
ओझागुणी तथा जाति के 'भगता', 'किरात', 'धामियों' के चरणों की सेवा करके
ही इसे प्राप्त किया है।...वह सामूहिक नृत्यगीत बाद में सेंसरवालों ने कटवा दिया।
हाल में बच्चे ही नहीं, बूढ़े और जवान भी डरकर बेहोश हो गए थे।

उमा नहीं होती, तो मैं जलधर और पुष्पताल से पहले ही हवा हो जाता।
किन्तु पिछले साल उमा ने एक दिन हारकर कह दिया—तुम्हारी जो मरज़ी हो,
करो। मैं अब कुछ नहीं बोलूँगी। मेरे बूते के बाहर की बात है...मैं नहीं कह सकती...
आमि आर पारी ना...!

तब मुझे अचानक गायब होने का बहाना मिल गया और करीब दस महीने
तक काठमांडू, कामरूप, कामाख्या और सिंहभूम के जंगलों-पहाड़ों में एक नई
सभ्यता, एक नये जीवन-दर्शन का मसीहा बनकर आधा दर्जन देशी-विदेशी
लड़के-लड़कियाँ के साथ अलख जगाता फिरा!...यौनाचार...चीनाचार...वामाचार!

साले! यह अस्पताल है, चर्च नहीं!

नहीं, नहीं, मैं कोई कसूर कबूल नहीं कर रहा। मेरा मतलब है, मैंने कोई
कसूर किया ही नहीं। इस दुनिया, अर्थात् इस विराट वेश्यालय में मैं ही सबसे
बड़ा पुण्यात्मा हूँ, क्योंकि मैं ही इसे समाप्त करना चाहता हूँ। ध्वंस!...

उमा जग गई है।

मेरी ओर देखकर कहती है—नाक से ट्यूब निकाल दिया?...आमि आर पारी
ना!

—नाक के अन्दर घाव हो गया है।
—किसने कहा?
—कहेगा कौन!...

उमा शायद नीलम्मा को बुलाने गई। भोर होने को है, किन्तु नीलम्मा उसी
तरह खिली हुई है, कहती है—नाम में 'नाथ' रखता है, और नाक में 'पसन्न नहीं!

लीजिए, निगलिए...और थोड़ा...ठीक है...वोमिट करेगा तो हम देखेगा...ठीक...वाह! लोक्खी छेयले!

नीलम्मा ने न जाने कहाँ से 'लक्खी छेले' कहना सीख लिया है। उपयुक्त अवसर पर इसका प्रयोग करती है—अबी नली खोलेगा, तो अबी इधर आके पलंग में दोनों हाथ बाँध देगा।

मैं क्या नीलम्मा को प्यार करने लगा हूँ? क्या उमा समझती है कि मैं नीलम्मा को प्यार करने लगा हूँ? देखता हँ, प्रेम में पड़ जाने का एकमात्र खयाल आज भी अस्पताल ही है।

हरामज़ादे! नीलम्मा या किसी को प्यार करके अब क्या करेगा तू?

जब तक सांस चलना बन्द नहीं हो, काम की आग शायद नहीं बुझती! नीलम्मा को देखते ही मेरे शरीर का रोम-रोम बज उठता है। ठीक पन्द्रह वर्ष पहले उमा को देखकर ऐसा ही होता था।

नीलम्मा मेरी ऑक्सिजन सिलिंडर! प्रेम को पुनः पनपाने वाली मिथुन राशि की कन्या...अनन्या!...

साले! फिर कविता?

पुष्पलाल ने अपने लेटरपैड के एक कोने पर मिथुन राशि का प्रतीक चित्र छपवाया था...यौन लीला के लिए प्रस्तुत बैठी अर्धनग्न स्त्री-पुरुष की जोड़ी! पिछले पाँच वर्षों से उमा मेरे साथ नहीं सोती। नहीं सोती, यानी यौन सम्पर्क से दूर रहती है। वह मेरे अंग-प्रत्यंग को अपवित्र और घिनौना समझने लगी है। तब से मैं उमा से लजाने लगा हूँ।...एक बार किशोरावस्था पार करने के बाद, यानी गुप्त प्रदेशों में नन्हे-नन्हे काले-काले घुंघराले बालों की पहले फसल के दिनों, एक सुबह आठ बजे तक मुझे सोता देखकर माँ ने गुस्से से मसहरी हटाकर देह से चादर छीन ली थी और चादर के नीचे मैं एकदम नंगा था...लाज के मारे मैं सात-आठ दिनों तक माँ से आँखें नहीं मिला सका था...वैसी ही लाज! यहीं मुझ पर अपने परिवेश, परिवार और प्रेम के सम्बन्धों को कलुषित करने का दोषारोपण किया जाता है।

वह सब कुछ नहीं, असल में मैं हर माने में दिवालिया हो चुका हूँ। शराब? साली साँप के ज़हर से बनी हुई शराब भी मैंने पी है। शराब, गांजा, चरस और सिगरेट के अतिरिक्त सेवन से मेरी आवाज़ विकृत हो गई है। यह अब बाज़ार में नहीं चल सकेगी। जिस कंठ से मैं चंपाकली की तुनुक पंखुड़ियों के टूटने के शब्द को कुशलता से प्रस्तुत कर दिया करता था, उससे फटे झाँझ की-सी आवाज़

निकलती है। और जब गा ही नहीं सकूँगा, तो जीकर क्या होगा? फ्लैट से मेरी अलमारी में अब भी डिंपल की भरी-पूरी बोतल पड़ी होगी। मैं नहीं रहूँगा, तो वह किसके काम आएगी? उमा उसे अलमारी से निकालकर खिड़की से बाहर फेंक देगी। नहीं, नहीं, फेंक नहीं सकेगी, फेंकना चाहकर भी रख लेगी; जब तक जिएगी, उसे यत्नपूर्वक रखेगी; सम्भवतः अपने पूजाघर के कोने में महाकाली के पेट के पास रखेगी...गंगाजल की बोतल के पास ही...गंगा...गंगा!

पटना की गंगा को मगह की गंगा अर्थात् पुण्यहरा कहते हैं लोग। इसलिए पटना की गंगा का कोई पक्का घाट नहीं। एक-दो हैं भी, तो इतने गन्दे कि उधर कोई मुँह भी नहीं फेर सके। पटना की गंगा के किनारे जलने वाले मुर्दों को न शान्ति मिलती है, न मुक्ति। इसलिए पुष्पलाल जैसे विद्रोही की लाश भी उस पार सेमरिया घाट पर ले जाकर जलाई गई...किन्तु इसी गंगा के किनारे 'पटना क्लब' के रमणीय लॉन में बैठकर मौज से दारू पीते समय और पटना मेडिकल कॉलेज अस्पताल के किसी बेड पर बेबस पड़े दवा पीते वक्त आदमी के मन में पटना की गंगा की जय-जय ध्वनि अपने-आप गूँज उठती है। मेरा विश्वास पक्का है कि इस अस्पताल के सत्तर प्रतिशत रोगी सर्वरोगविनाशिनी गंगा की हवा के प्रताप से ही स्वस्थ होते हैं, मरते-मरते जी जाते हैं। अपने देश में किसी दरिया के किनारे और कहीं कोई अस्पताल है, मुझे नहीं मालूम।...

घाट से कोई स्टीमर खुलने की तैयारी कर रहा है शायद। आजकल नये किस्म का साइरन बजता है...अथाह जल के अन्दर से आती हुई, घुटती हुई-सी आवाज़...इस साइरन का सही नाम क्या है, पूछना होगा।

नहीं, स्टीमर नहीं! यह क्राइसिस! अर्थात् ऑक्सीजन सिलिंडर लाया जा रहा है। फर्श पर भारी लोहे के घसीटने की आवाज़ क्रमशः नज़दीक आती जा रही है। क्यों? मेरे पास फिर क्यों? मैं होश में हूँ। जगा हुआ हूँ। पलंग से स्टूल सटाकर, मेरे बायें कंधे के पास सिर पर रखकर, उमा सो गई है। धीरे से पुकारता हूँ—उमा! मुँह से आवाज़ निकलने से पहले ही सिलिंडर घसीटकर लाने वाला आदमी उछलकर मेरा मुँह दबा देता है। सिलिंडर घसीटकर लाने वाला व्यक्ति वार्ड कुली नहीं, पुलिस का दरोगा है। उसके साथ पुलिस के कई सिपाही हैं, जो मेरे पलंग के चारों ओर आकर मुझे घेर लेते हैं...वे मेरी तलाशी लेंगे। मैंने रजाई के नीचे अश्लील पुस्तकें, अवैध गांजा और नर्स नीलम्मा की लाश छिपा रखी है। रमा! देखो तो, ये क्या कह रहे हैं? दरोगा चिल्लाता है...चुप रह साले! एक सिपाही मेरी रज़ाई हटाना चाहता है। मैं विरोध करता हूँ—रज़ाई के नीचे मैं नंगा हूँ...

एकदम नंगा हूँ...सालो...हरामज़ादो...मादर-चो-ओ...बेटीचो...कुत्ती का बच्चा!... दनादन दोनों लातें चलाना शुरू किया मैंने...और उसी ताल पर लड़ाई का नगाड़ा बजने लगा...किसी के मुँह पर, किसी के अंडकोष और चूतड़ पर मेरी लातें लगती हैं और वे एक-एक कर, नगाड़े के ताल पर भागते जाते हैं। हद है! उमा उसी तरह झुकी हुई है। यहाँ इतना शोर-गुल हो गया, कान के पास लड़ाई का नगाड़ा बज गया, किन्तु उसकी नींद में कोई बाधा नहीं पड़ी। तब रज़ाई के नीचे से गरदन निकालकर नीलम्मा मुझसे पूछती है—पुलिस का लोग सब चला गया? अब तुम चुपचाप मुझे मार डालो। आओ! रजनीगंधा की सुगन्ध मेरी नाक में समाती जा रही है और नीलम्मा अब अनुनय भरे स्वर में कह रही है—प्लीज़ किल मी... किल मी! मैं उमा को झकझोरकर जगाता हूँ। उमा लुढ़ककर फर्श पर गिर पड़ती है और उसके गिरने की आवाज़ जलतरंग की तरह...या नीलम्मा खिलखिलाकर हँस पड़ी है? मैं भी उसके साथ हँसना चाहता हँ, किन्तु हँसने के बदले मैं 'माँ, माँ' पुकारकर रोने लगता हूँ। मैं रोता जाता हूँ और नीलम्मा उसी तर्ज पर बंगला का 'रामप्रसादी' अलापती है—माँ-आं-आं-आं! असल में रोने के बदले गा ही रहा हूँ, मैं!

समाधि नहीं, सपना? पता नहीं क्या सच है, और क्या सपना! जो भी हो, मैंने नीलम्मा की हत्या नहीं की है। वह डॉक्टर की मदद कर रही है। डॉक्टर कहते हैं, मैं सपने में हाथ-पाँव मार रहा था। नीलम्मा हँसकर कहती है—हमारा इधर में ऐसा किक मारा कि हमको नोवलजिन लेना पड़ा।...

मुझे कोई सूई दी जा रही है, शायद!

उमा इस तरह घबराकर मुझे क्यों देख रही है? ऐसी घबराहट उसके चेहरे पर जीवन में कभी नहीं देखी। रुंधे गले से पूछ रही है मुझसे—की होये छे? ऐसा क्यों कर रहे हो? कैसा लग रहा है? बोलो ना...बोलते क्यों नहीं...बाबू...शिबू बाबू रे...!

उमा हठात् चीख पड़ती है। लगा, आकाश चरचराकर फट गया। तारे झड़ रहे हैं झहर-झहर—माँ गो-ओ-ओ! आमार सर्वनाश कोरो नां...आमार केउ नई... डॉक्टर बाबू! मेरा कोई नहीं इसके सिवा...हाहाहाहा...डॉक्टर बाबू!...

मैं सब कुछ देख रहा हूँ। सब कुछ सुन रहा हूँ। पर कुछ कह नहीं पा रहा। नीलम्मा उमा को दोनों हाथों से पकड़कर उठाती हुई समझा रही है—एक नया ड्रग दिया गया था, उसी का रिएक्शन हुआ है। अभी ठीक हो जाएगा। सूई पड़ा है...

सर्जन अजय की झिड़की सुनाई पड़ती है–उमा! यह क्या हो रहा है?

–मेरा शिबू बोलता क्यों नहीं, डॉक्टर?

–बोलेगा...अभी बोलेगा...तुम चुप रहो।

–अच्छा, मैं चुप रहूँगी! मैं चुप हूँ।

हार्ट स्पेशलिस्ट डॉक्टर श्रीवास आए हैं। उनकी सफेद लम्बी दाढ़ी को देखकर मुझे कविराज चक्रवर्ती की याद आती है। कविराज चक्रवर्ती सूंघ करके ही रोग का निदान करते थे। डॉक्टर श्रीवास भी दूर से ही मुझे देखकर कहते हैं–हार्ट नॉर्मल है।...

मेडिसिन के डॉक्टर दास आए। वे भी मुझे दूर से देखते हैं। कोई मुझे छूता तक नहीं। वे मुझसे बोलने को कह रहे हैं। मैं हाथ के इशारे से कहता हूँ...आवाज़ नहीं निकल रही! डॉक्टर दास कहते हैं–हाँ, रिएक्शन ही हुआ है।

मैं जानता हूँ, मैंने देखा है, कंठ के कैंसर में ऐसा ही होता है। बोली अचानक बन्द हो जाती है। यदि बोली नहीं लौटी, तो! वोकल कार्ड डैमेज तो नहीं हो गया? मैं डॉक्टर से पूछना चाहता हूँ–डॉक्टर?...

सभी के मुँह से एकसाथ एक स्वर से निकल पड़ा–आ गई!

बिजली गुल होने के बाद जब लौटती है, तो लोगों के मुँह से इसी तरह एक स्वर से निकल पड़ता है–आ गई!

किन्तु उमा को विश्वास नहीं हो रहा है। वह मेरे पास आकर पूछती है–बोलो तो, मैं कौन हूँ?

मुझे हँसी आ गई। मैंने पूछा–यह सब सपना तो नहीं?

–तोमार की मने हाय?–उमा पूछती है।

मैं करवट लेने की चेष्टा करता हूँ। उमा मना करती है...पेट के बीचोंबीच भीषण यन्त्रणा...यह क्या...मेरे पेट पर भारी क्या लदा है? ज़रा भी हिल-डुल नहीं सकता। या नीलम्मा ने सचमुच मुझे पलंग से बाँध दिया है?

पटना टाइम्स का स्टाफ रिपोर्टर मित्तल आया है। उमा से वह कुछ पूछता है। उमा कहती है–ऑपरेशन के ठीक दस घंटा बाद, अभी कुछ देर पहले होश में आए हैं। अब ठीक हैं।

–ऑपरेशन? किसका ऑपरेशन? कब हुआ मेरा ऑपरेशन?

उमा चुपचाप मुसकराती है–डॉक्टर अजय दस घंटे के बाद अभी डेरे पर गए हैं!

–और डॉक्टर श्रीवास, डॉक्टर दास? वे कब गए?

उमा अचरज से पूछती है—डॉक्टर श्रीवास और डॉक्टर दास? वे यहाँ कब आए?

मैं पूछता हूँ—मेरी आवाज़ फटे झाँझ की तरह सुनाई पड़ती है?

—नहीं तो!

—मुझे ड्रग रिएक्शन हुआ था न? मेरी बोली अचानक बन्द हो गई थी न?

—तुम तो दस घंटे से अज्ञान थे।

—और, नीलम्मा? बुलाओ न उसे एक बार!

—कौन नीलम्मा?—उमा को फिर अचरज होता है।

मैं अपनी देह में चिकोटी काटकर देखता हूँ, मैं हूँ, या मैं भी नहीं हूँ। नहीं, मैं हूँ। सपना नहीं यह अब...मैं सपना नहीं। किन्तु, फिर शंका होती है। फिर पूछता हूँ, डरते-डरते—अच्छा, उमा, पुष्पलाल उस सामने वाले वार्ड में ही मरा था न?

इस बार उमा तनिक झुंझलाई—कौन पुष्पलाल? पता नहीं, क्या-क्या बोल रहे हो! बोलो मत। डॉक्टर ने मना किया है।

मुझे अब विश्वास हो रहा है, यह सपना ही है। और इस सपने से अब निस्तार नहीं, छुटकारा नहीं! क्या होगा छुटकारा पाकर? अच्छा हो, गंगा के किनारे चलकर, पानी में अपनी काया को एक बार जी भर निहारते हुए, इस सुन्दर आवरण की स्तुति करूँ। जीवन-भर दुनिया की हर चीज़ और हर व्यक्ति में अपना प्रतिबिम्ब खोजता रहा, देखता रहा, मुग्ध होता रहा...नारसिसस? नॉनसेंस! सपने में एक बार गाकर देखना चाहता हूँ, मेरी आवाज़ कहाँ तक पहुँचती है। गंगा के उस पार...सफेद बालुचरों के पार, हरे-भरे खेतों के ऊपर उड़ती हुई...अथवा अतल जल में बजने वाले साइनर की तरह, अगाध जल के नीचे की ओर, घुटती हुई!...

□ □ □

www.ingramcontent.com/pod-product-compliance
Lightning Source LLC
LaVergne TN
LVHW090410160726

843469LV00038B/586